BASTEI
LÜBBE

Jason Dark

GHOSTBUSTERS

Sie
kommen,
um
die Welt
zu
retten

Das Buch zum Film

BASTEI
LÜBBE

BASTEI-LÜBBE-TASCHENBUCH

Band 13 006

Umschlaggestaltung: Quadro-Grafik,Bensberg
Satz: Fotosatz Steckstor, Bensberg
Druck und Verarbeitung:
Clausen & Bosse, Leck
Printed in Western Germany
ISBN 3-404-13006-5

Der Preis dieses Bandes versteht sich einschließlich
der gesetzlichen Mehrwertsteuer.

Eigentlich hatte sich Alice nie gefürchtet, wenn sie in das Archiv der Bibliothek ging. Aber an diesem Tag war alles anders. Da kam ihr schon die Treppe nicht geheuer vor.

Sie hielt ihre zögernden Schritte noch vor der ersten Treppenstufe an. Das unnatürliche Flüstern und Summen der Stimmen blieb zurück.

Manchmal war es schlimm innerhalb des Lesesaals. Tausend tuschelnde, flüsternde, rauchende Studenten. Eine Geräuschkulisse, die in Alices Kopf zuweilen zu einem Dröhnen anschwoll.

Fast wie Psycho-Terror, dachte Alice.

Und den spürte sie auch jetzt, als sie die Stufen hinabschaute. Obwohl sie schon seit Jahren hier als Archivarin arbeitete, hatte sie die Stufen nie gezählt.

Die Treppe war viel zu schmal. Wie ein Schacht. Dahinter die Gänge, zugestopft mit Karteikästen und -Schränken.

Alice gab sich einen Ruck. Sie strich sich mit gespreizten Fingern durch die Haare – das tat sie immer, wenn sie nervös war – und stieg die Stufen hinab und spürte, wie ihre Beine zitterten.

Die berühmten Puddingknie, dachte sie. Wie vor Jahren, wenn sie sich mit einem Jungen getroffen hatte.

Das ist schon lange her, dachte sie. Sie lebte heute nur noch für ihre Akten. Für wen oder was auch sonst? Es verirrte sich kaum jemand in die verstaubten Archivräume im Keller. Obwohl es manche Ecke gab, in der man unentdeckt hätte schmusen können. Alice erschrak über ihre eigenen Gedanken, bekam einen roten Kopf und merkte kaum, daß sie die Treppe schon hinter sich gelassen hatte.

Sie schaute zurück.

Die verdammte Lampe gab einfach zu wenig Licht. Man hätte sie gegen eine stärkere auswechseln müssen. Aber ein Außenstehender hatte ja keine Ahnung, welcher Papierkram ausgefüllt werden mußte, um eine simple Glühbirne zu beantragen – und wie lange es dauerte, bis man sie bekam.

Das Gefühl der Angst wich nicht.

Sie schritt durch den schmalen Gang und hatte mit jedem Schritt mehr das beunruhigende Gefühl, unbekanntes Terrain zu betreten. Der Gang war immerhin breit genug für einen Gabelstapler. Für Alice schienen die Wände zusammenzurücken und sich zu einer Schlucht zu verengen.

Weshalb atmete sie denn nur so gepreßt? Warum spürte sie plötzlich den seltsamen Druck auf ihren Lungen?

Vielleicht hing es mit diesem Dr. Venkman zusammen, einem Spinner, der nach Geistern jagte. Sie hatte davon gehört. Auch in der Bibliothek sollten welche sein.

Welch ein Irrsinn! Geister – wo gab es die denn?

Der Gang lag hinter ihr. Alice stieß eine Tür auf und betrat den großen Archivsaal. Ihre Welt.

Wenn jemand zum erstenmal hereinkam erschreckte er sich. Es war ein unvorstellbarer Wirrwarr aus Aktenschränken, Regalen und übereinandergestellten Karteikästen. Für Alice war es ein Klein-Manhattan, denn die gesamten Gänge des Saals waren schachbrettartig angelegt.

Sie kannte sich gut aus.

Einen Moment dachte sie darüber nach, was sie eigentlich suchen wollte. Ja die alten Bücher. Sie mußte leider ganz durch. An der hinteren Wand, wo der Schreibtisch und die Regale mit den alten Folianten standen, würde sie schon fündig werden.

Wie immer war die Luft trocken. Hier konnte man zehnmal am Tag Staub putzen, er wurde nur immer verteilt, um sich auf andere Stellen zu legen. Auch der typische Zweitgeruch war vorhanden. Bohnerwachs. Sie haßte ihn. Es sollte ja Leute geben, die süchtig danach waren, sie nicht.

Nur ihre Schritte hörte sie. Rechts und links standen die hohen Kästen. Sie machten den Zwischenraum schmal. An der Decke hing eine trübe Lampe. Auch hier hätte man ruhig für mehr Helligkeit sorgen können. Das war schon ein Grusel-Keller.

Das Geräusch riß sie aus ihren Gedanken.

Sie blieb stehen. Da war es wieder. In ihrem Rücken. Ein hämmerndes Schlagen, als klopfte jemand mit einem metallenen Instrument gegen die Karteikästchen.

Alice drehte sich abrupt um. Ihr Herz pochte laut und schnell. Jemand mußte hinter ihr stehen ...

Es stand keiner da.

Und doch spielte die Szene verrückt.

Wie von unsichtbaren Händen geschoben und geschleudert, wirbelten die Karteikästen aus den Führungen. Sie stachen in den Gang, wurden von der Sperre gestoppt, rollten wieder zurück, schossen erneut vor. Hin- und hergeschobene Kästen, wie bei einem Erdbeben. Die gesamte Regalwand wurde davon erfaßt. Die schwankenden Kästen kamen der Frau immer näher.

Noch war Alice nicht fähig, sich zu regen. Sie stand auf dem Fleck, die Arme halb erhoben, die Hände zu Fäusten geballt, den Mund geöffnet und mit einem Ausdruck in den Augen, der beginnende Hysterie verriet.

Zack, zack, zack ...

Es waren trommelnde Geräusche, die über sie hereinbrachen, als immer mehr Kästen aus den Regalen geschoben wurden, in den Gang stachen, sich manchmal berührten, wieder zurückschleuderten, vorwirbelten und den Gang versperrten.

Alice mußte weg. Ihre Starre löste sich, sie hetzte mit starrem Blick zum Ausgang, verfolgt von den verfluchten Kästen.

Plötzlich war der Sturm da.

Er heulte durch den großen Raum, griff wie mit gierigen Händen in die offenen Laden hinein, wühlte die archivierten Papiere auf und wirbelte sie in die Höhe.

Bis zur Decke wurden sie geblasen, wo sie auseinanderflatterten und wie welke Blätter im Herbst dem Boden entgegentaumelten.

Alice kreischte.

Es gab nur diesen einen Weg, der zum Ausgang führte. An ihrem kleinen Schreibtisch vorbei, dann in den Quergang.

Sie begann zu laufen.

Verfolgt von einem rasenden Wirbel, begleitet vom Hämmern der aufschlagenden Karteikästen und vom Knistern der Papierfahnen und Blätter, die sie umhüllten wie riesige Schneeflocken.

Überall spürte sie die Berührungen. Papierblätter fielen auf ihren Körper, umtanzten und umwirbelten sie, landeten auf dem Boden, machten ihn rutschig; Alice verlor die Balance, kippte nach hinten und prallte gegen eine aufspringende Lade.

Alice warf sich wieder nach vorn. Sie war wie von Sinnen. Sie wollte flüchten vor diesem Schrecken. Vor ihr krachte es.

Bücher rutschten aus Regalen. Sie sah den Staub als Wolke und – dicht vor ihr – ein Licht!

Es tanzte!

Ein Irrläufer in Kopfhöhe. Manchmal weiß, aber eher grünlich schimmernd.

Nicht sehr konzentriert, an den Rändern auslaufend und zerfasert.

Ein Geisterlicht . . .

Alice hatte Angst davor, aber sie konnte nicht anders, sie mußte auf das Licht zulaufen, obwohl sie wußte, daß es bestimmt keine Rettung für sie bedeutete.

Da lag der Quergang.

Hinter ihr hämmerten noch immer die ausfahrenden Kästen ihr wütendes Stakkato. Berge von Papier durchflogen die Luft wie Fetzen, senkten sich auf sie nieder. Sie schlug nach ihnen, bekam das Papier zwischen die Finger, drückte es zusammen, hörte das Knistern und taumelte auf das Licht zu.

Es wischte weg.

Wie ein Schatten tauchte es nach rechts zur Seite, und Alice schüttelte den Kopf, als ob sie Nebel in ihrem Hirn verjagen wollte.

»Verdammt, wo bist du?« schrie sie, putzte Papiere vor ihren Augen weg und drehte sich nach rechts.

Da war es.

Es stand vor einem Regal, war jetzt größer geworden und erinnerte an einen grünen Vollmond mit zerfaserndem Rand.

Es zuckte von einer Seite auf die andere, einfach irre. Alice begann zu lachen.

Sie ging auf das Licht zu, hatte den Arm ausgestreckt und kam sich vor wie eine Märchenfee, die den Prinzen erwartete.

»He, du«, sagte sie und reckte den Arm. »He, du, wer bist du eigentlich? Komm her, ich . . .«

Das Licht explodierte.

Nicht ein Laut entstand dabei. Dafür schrillte der unmenschliche Schrei der Frau durch den Keller, als sie sah, daß nicht mehr das Licht vor ihr stand, sondern ein bizarres, grünes aufgepumptes Monstrum mit einem klaffenden Maul.

Sie schrie und schrie und schrie . . .

Das Experiment war schon älter, aber man konnte sich zu einem gewissen Teil darauf verlassen. Außerdem besaß Venkman Routine, und die beiden Testpersonen, die vor ihm saßen, schienen die richtigen zu sein, auch wenn sie so nervös waren.

Venkmans Reich. Hier konnte er experimentieren. Abteilung für Psychologie, genauer: für experimentelle Psychologie. Schließlich waren er und seine Freunde, die einzigen weit und breit, die sich damit beschäftigten.

Und die beiden Studenten vor ihm brauchten Geld, also hatten sie sich zur Verfügung gestellt.

So einfach war das.

Venkman und die Versuchspersonen saßen sich an einem Tisch gegenüber. »Sie sind nervös, wie?«

»Klar doch.«

»Brauchen Sie aber nicht zu sein.«

Der Junge gab wieder die Antwort. »Machen Sie endlich, Mann. Ich habe noch was vor.«

»Was Gutes?«

»Irre gut.«

»Na ja.« Venkman hob die Schultern. Er schaute dabei auf die Karten, die vor ihm lagen. Da er nur die Rückseiten sah, konnte er nicht wissen, welche Symbole sich auf der Vorderseite verbargen. Und die beiden vor ihm auch nicht.

Noch einmal hob er den Blick. Der Student hatte die Augen verengt. Er stand wie unter Strom. Die kleine Blonde nagte auf ihrer Unterlippe. Auch sie war nervös.

Vielleicht lag es an der Atmossphäre. Es war nicht jedermanns Sache, im Halbdunkel zu sein, umgeben von seltsamen elektronischen Apparaten, deren Skalen geheimnisvoll glühten.

»Also gut«, sagte Venkman. »Keine Panik, Leute, ich drehe jetzt die erste Karte um.«

»Mach schon.«

»Nicht so eilig«, sagte Venkman zu dem Jungen. »Sie müssen ruhig sein, ruhig, verstehen Sie? Konzentrieren Sie sich. Ich will, daß Sie sich konzentrieren. Und ich will auch, daß Sie mir sagen, welches Zeichen da unter der Karte ist.«

»Klar doch.«

»Also?«

Der Student verengte die Augen. Er tat so, als würde er scharf überlegen. Dann flüsterte er: »Quadrat.«

Venkman runzelte die Stirn. Er drehte die Karte um, grinste und meinte: »Gut geraten . . . aber falsch!«

»Ach . . .«

Peter Venkman lehnte sich zurück. Auch er spürte, daß er schwitzte. Es war fast immer so bei seinen Testpersonen. Deshalb mußte er es den beiden noch einmal sagen. »Sie müssen Ihren Kopf freibekommen von allen Vorurteilen und Gedanken. Sie müssen sich mir und der Sache hingeben. Relaxen Sie. Denken Sie nie an das, was Sie schon gehört haben. Gehen Sie mal vorurteilsfrei an die Sache heran. Das kann doch nicht so schwer sein . . .«

Er sah das Nicken des Studenten, zeigte auf die Karte und fragte: »Was, also, glauben Sie, ist es?«

Nicht der Junge antwortete, sondern die Studentin. »Ist es vielleicht ein Stern?«

Der junge Mann lachte prustend.

Venkman drehte die Karten um. »Es ist ein Stern.«

»Oh!« Fast hätte sich die Blonde verschluckt. Sie wurde rot und preßte eine Hand gegen ihre Lippen.

Peter Venkman war zufrieden. »Sehr gut«, lobte er die junge Studentin, »das ist großartig, klasse, Sie sind in Ordnung, Mädchen.« Er schaute sie an und sah ihr Lächeln. Es wirkte leicht verlegen. »Jetzt denken Sie mal scharf nach, denn ich nehme die nächste Karte.« Venkman faßte sie mit zwei Fingern an, ohne sie jedoch umzudrehen. »Was ist es?«

»Ein Kreis!« Der Student sagte es spontan.

Peter Venkman lachte leise, schaute nach und hob die Schultern. »Nahe dran, sozusagen ein Lattenschluß, aber falsch.«

»Wirklich?« fragte der Student gedehnt.

»Wenn ich es sage. Ich will auch nichts von Ihnen hören, sondern von ihr. Verstanden?«

Die weibliche Testperson nickte. »Ja, ich bin fertig.«

»Also gut. Was ist es? Kommen Sie, sagen Sie es!«

Das Mädchen atmete schwer. Auf ihrer Stirn lag ein blanker Film. Der Student beobachtete sie. Seine Lippen hatten sich zu einem etwas abschätzenden Lächeln verzogen.

»Es ist eine Acht!« sagte das Mädchen.

Venkman schlug mit der flachen Hand auf den Tisch. »Das ist unglaublich, aber es stimmt. Wie machen Sie das? Oder haben Sie die Karten zuvor gesehen?«

»Nein, nein. Es . . . es kam mir einfach so in den Sinn.«

Venkman wollte es nicht so recht glauben. »Wollen Sie mich wirklich nicht hinters Licht führen?«

Das Mädchen hob den Arm und stellte drei Finger in die Höhe. »Ich schwöre es Ihnen. Das . . . das kommt mir einfach so in den Sinn.« Sie lachte verlegen.

Neben ihr hatte sich der junge Student vorgebeugt. Sein Atem ging schwer. Es spielte aufgeregt mit seinen Fingern.

Peter Venkman sprach ihn an. »Immer noch nervös?«

Ruckartig hob der junge Mann den Kopf. »Ja, ich bin

immer noch nervös. Die Sache gefällt mir nicht.« Er strich durch sein dunkles Haar und wühlte es auf. »Ich kann daran nicht glauben. Sie halten mich zum Narren.«

Venkman gab sich gelassen. »Was wollen Sie? Wir haben nur noch 75 weitere Karten. Machen wir also weiter.« Er ließ sich auch durch ein wütendes Räuspern nicht aus der Ruhe bringen und nahm die nächste Karte. »Okay, was ist das?«

»Das ist . . . das ist . . .« Der junge Mann rutschte auf seinem Stuhl hin und her. Er warf dem Mädchen einen fragenden Blick zu, sah, daß seine Kommilitonin nicht reagierte und winkte ab, bevor er die Antwort gab. »Also, das sind ein paar Wellenlinien.«

Venkman schüttelte den Kopf. Er kam sich vor wie ein Lehrer beim Examen, der dem Prüfling klarmachen mußte, daß er durchgefallen war, und diese Tatsache mit einem süffisanten Lächeln vorbrachte. »Bedaure, aber heute schein nicht Ihr Glückstag zu sein.«

Der Student hob beide Hände, als wollte er den Satz wegwischen. »Moment, Moment, warten Sie. Ich hab's ja gleich . . .« Er begann leicht zu stottern. »Was ich da gesehen habe, das ist . . . also das ist . . .« Er begann plötzlich zu schreien. »Shit ich habe es satt. Satt, satt, satt!«

Venkman blieb ruhig. »Nein, das verstehe ich nicht. Sie haben sich doch freiwillig gemeldet.«

»Klar habe ich das. Aber ich wußte nicht, daß Sie mich hier als Versuchskaninchen für irgendwelchen Unsinn benutzten. Dazu mit leichten Schocks versetzt. Ich merke genau, was Sie getan haben. Das sind Elektroschocks gewesen. Wir waren angeschlossen, wir . . .«

»Das ist rein wissenschaftlich«, unterbrach Venkman die Tirade des Studenten.

»Soll ich lachen?«

»Immer noch besser als weinen. Ich will es Ihnen

erklären, Mann. Ich studiere die Effekte der negativen Einflüsse oder Impulse auf die ESP.«

»Und was ist das?«

»ESP heißt übersinnliche Wahrnehmungsfähigkeit. Ist eine Abkürzung, wissen Sie.«

»Wie schlau Sie sind, Dr. Venkman. Verdammt schlau.« Der Student sprang auf. »Aber mich pißt das an, wenn Sie es genau wissen wollen, Sie komischer Wissenschaftler.«

»Nun, dann stimmt meine Theorie, die ich aufgebaut habe.«

Der Student regte sich weiter auf. Er wischte mit beiden Händen in der Luft herum, als wollte er irgend etwas vertreiben. »Das ist mir alles scheißegal. Sie können auch Ihre fünf Dollar behalten. Ich habe genug von diesem Mist hier!«

»Sicher werde ich das Geld behalten.« Venkman ließ sich nicht aus der Ruhe bringen. »Aber Sie müssen mit sich selbst fertig werden. Das ist viel schlimmer. Mit Ihrer barschen Art werden Sie immer andere Menschen provozieren oder vor den Kopf stoßen.«

Bisher hatte die Studentin schweigend zugehört. Jetzt fragte sie schüchtern, als ihr Partner nicht mehr wußte, was er sagen sollte und eine Sprechpause einlegte:

»Meinen Sie denn, daß ich die Gabe der Telepathie besitze, Dr. Venkman?«

Venkman wiegte den Kopf. »Schwer zu sagen. Ich meine, daß du besser bist. Du hast nicht so enttäuschend reagiert wie er da, und bei dir sind wenig Zufallstreffer. Ich gratuliere dir, Jennifer.«

»Oh, danke.«

Aus dem Hintergrund, wo die Apparate standen, näherte sich Roy Stantz. Er hatte alles beobachtet und blieb neben Venkman stehen. Wie immer hatte er zuviel gegessen. Er schleppte schon seit Jahren Übergewicht mit sich herum. Aber das machte ihm nichts. Stantz fühlte sich wohl mit seinen Pfunden.

»Hör mal, Peter, ich wollte nur wissen, ob die ultravioletten Linsen für die Video-Kamera gekommen sind? Außerdem brauche ich das leere Band, das du gestern gelöscht hast.«

Venkman nickte und wandte sich an die Studentin. »Würdest du mich für einen Moment entschuldigen?«

»Sicher.«

Peter Venkman stand auf. Er legte Ray Stantz eine Hand auf die Schulter und schob ihn etwas zu Seite, damit sie außer Hörweite der beiden Testpersonen gerieten.

»Hör zu, ich weiß, daß es für dich wichtig ist. Aber auch für mich. Ich stecke hier in einer dicken Sache und brauche, um zu einem Ergebnis zu kommen, mehr Zeit für diese beiden Testpersonen.«

Ray bekam einen überraschten Blick. »Läuft es denn wirklich so gut bei dir?«

»Ja, deshalb möchte ich dich bitten, daß du in anderthalb Stunden wiederkommst.«

Stantz war einverstanden. Er warf einen Blick auf seine Uhr und bewegte kauend die Kiefer. »Okay, Peter, sagen wir um 13.40 Uhr im großen Saal der Public Library an der Fünften Avenue. Da ist eine unheimliche Sache passiert.«

Venkman war ganz Ohr. »Und was?«

»Wir haben jetzt Zeugen, Peter. Zehn Personen haben es gesehen. Ein Körper ist geschwebt, durchsichtig wie ein Geist. Stell dir vor, freies Schweben. Der Geist hat Bücher aus den Regalen geweht. Karteikästen flogen auf. All das Zeug wirbelte durch die Luft. Die arme Bibliothekarin hat fast einen Anfall bekommen. Eine irre Sache. Das wird uns helfen, Peter. Man muß die ESP endlich anerkennen. Das ist die Basis, Peter, verstehst du?«

Venkman nickte heftig. Auch er war plötzlich aufgeregt. »Mensch, wenn das tatsächlich stimmt . . .«

»Die Zeugen lügen nicht.«

Venkman stieß seinem Freund die flache Hand vor die Brust. »Okay, dann geh du hin, überprüfe die Sache, komm wieder zurück und berichte. Alles klar?«

»Nein.«

»Wieso nicht?«

»Bei diesem Fall, Peter, mußt du dabeisein. Sprengler ist schon da. Unser kleiner Physiker hat bereits Messungen vorgenommen, um die psychokinetischen Energieströme einzufangen, die sich dort befinden. Und was soll ich dir sagen? Das hat fast die Skala des Meßapparates umgehauen. Der Strahl ist glatt durchgesaust. In diesem Fall sind wir nahe dran, Peter, das fühle ich.«

»Meinst du?«

»Wäre ich sonst gekommen und hätte dich bei dieser wichtigen Arbeit gestört?«

Venkman verzog die Mundwinkel. »Das kann man bei dir nie wissen, Ray.«

»Jetzt mach mal 'nen Punkt.«

»Gut, ich komme mit, aber ich muß noch kurz mit Jennifer sprechen. Warte hier.«

»Wie du willst.«

Peter Venkman wandte sich der Studentin zu. Er blieb neben ihr stehen und stützte seine Hände auf die Tischplatte.

»Hör zu, Jennifer, da ist eine Sache passiert, die hohe Wellen schlagen kann. Ich fühle es, daß wir nahe dran sind. Jetzt können wir es packen. Gleichzeitig möchte ich auch noch mit dir arbeiten . . .«

»Ich auch mit Ihnen.«

»Finde ich toll, daß du so denkst.« Venkman schaute auf den leeren Stuhl neben Jennifer. Die männliche Testperson hatte sich bereits verzogen. »Vielleicht könnten wir uns heute abend noch einmal kurz treffen. Welche Uhrzeit wäre dir recht?«

»Sagen wir um acht?«

»Das wollte ich auch sagen.«

Jennifer begann zu lachen und erhob sich vor ihrem Stuhl. »Wir sehen uns dann am Abend.«

»See you . . .«

Jennifer ging, und Venkman wandte sich wieder seinem Partner zu, der sehr aufgeregt wirkte. Stantz trat von einem Bein auf das andere, er konnte es kaum erwarten, den Testraum zu verlassen.

Peter mußte ihn beruhigen. Da er größer war als Ray, blickte er auf ihn hinab, um in dessen Gesicht sehen zu können. »Hör zu, Ray, bin ich dein Freund?«

»Das weißt du doch.«

»Und als Freunde kann man sich einige Dinge sagen, oder?«

»Klar doch, aber später, jetzt komm . . .«

»Nein, nein!«

Venkmann hielt ihn am Arm fest. »Nicht so eilig, das will ich dir jetzt sagen.«

»Und was ist es?«

»Wir sind zu dritt. Sprengler, du und ich. Alles klar, aber wir unterscheiden uns auch. Ich bin der Wissenschaftler und sehe die Sachlage anders als ihr. Mehr analytischer, verstehst du?«

»Nein.«

»Also gut.« Venkman verdrehte die Augen. »Ich mache es wie ein Profi, das hast du hier gesehen. Ihr aber lauft hinter jedem Spuk her, laßt euch von einem kleinen Schatten verrückt machen und glaubt jedem besoffenen Penner oder vollgepumpten Fixer, daß er ein Gespenst gesehen hat. Und was habt ihr bisher gesehen? Nichts . . .«

Stantz hob die Hand. »So kannst du nicht reden, Peter, so nicht. Warst du nicht selbst dabei, als wir damals diese seltsame Unterwasser-Schwamm-Wanderung gesehen haben?«

»Schon«, gab Venkman zu. »Nur vergißt du, daß die Schwämme nicht mehr als drei Fuß hoch gewandert sind.«

»Wie du meinst, Peter, du bist der Boß.«

Die Tür wurde aufgestoßen. Egon Spengler, der Physiker, betrat den Raum. Er war aufgeregt, blaß im Gesicht, und seine Brille war nach vorn gerutscht.

»Oh, ihr seid hier?« fragte er und schob die Brille wieder höher.

»Wie du siehst«, antworteten Venkman und Stantz.

Spengler kratzte an seinem Kinn. »Ich wollte eigentlich jetzt gehen, wißt ihr . . .«

»In die Bibliothek?« fragte Stantz.

»Richtig.«

Stantz deutete in Richtung Tür. »Wir waren schon auf dem Weg, Egon. Los, Peter, komm mit.«

Venkman breitete die Arme aus und ließ die Hände zusammenklatschen. Achselzuckend schloß er sich seinen beiden Freunden an.

Peter Venkman wurde immer an seine eigene Studienzeit erinnert, wenn er durch die hohen Gänge der Bibliothek schritt. Nichts hatte sich verändert. Er und seine Freunde betraten das Büro des Chef-Bibliothekars.

»Ich habe Sie schon erwartet«, sagte der hochgewachsene Mann mit der bleichen Gesichtshaut eines Büromenschen. »Ich bin Roger Delacorte. Sie müssen dann die Männer von der Uni sein?«

»Stimmt genau«, erklärte Peter und stellte seine beiden Freunde sowie sich vor. »Dr. Stantz, Egon Spengler, und ich bin Dr. Venkman. Wo liegt das Problem?«

Delacorte winkte ab. »Ich danke Ihnen zunächst, daß Sie gekommen sind, Gentlemen.«

»Ehrensache«, meinte Stantz.

»Und ich möchte auch, daß Sie das Problem schnell und unauffällig aus der Welt schaffen. Das ist wie bei einem Hotel, in dem ein Mord geschehen ist. Es soll sich nur nicht herumsprechen, wenn Sie verstehen, was ich meine.«

»Wir sind informiert«, sagte Venkman. »Allerdings dürfen wir nichts überstürzen, denn wir wissen nicht genau, welches Problem Sie haben. Zwar hat der Kollege Spengler schon Messungen vorgenommen, aber es wäre besser, wenn wir mit der Zeugin reden.«

»Das ist mir natürlich klar, deshalb habe ich ja gebeten, daß Sie kommen«, sagte Delacorte. »Bitte, wenn Sie mir folgen wollen.« Der Chef der weltberühmten Public Library schritt auf eine Tür zu, öffnete sie, trat zur Seite und ließ die drei Männer vorangehen.

Erst jetzt konnte Delacorte die seltsamen Kästen auf den Rücken der Männer sehen, eckige Tornister, die den ausgewachsenen Männern einen obskuren Eindruck verliehen. Delacorte verzog das Gesicht. Ob man damit Gespenster verjagen konnte?

Die Männer betraten das Nebenzimmer. Es war wesentlich kleiner als Delacortes Büro.

Alice, die Bibliothekarin, hatte sich hingelegt. Sie hob den Kopf ein wenig an, so daß sie die eintretenden Männer sehen konnte. Sofort veränderte sich ihr Gesicht. Sie sprach den nächsten Satz so aus, daß er sich wie eine Standardantwort anhörte.

»Ich kann mich nicht daran erinnern, Beine gesehen zu haben, aber es hatte eindeutig Arme, denn es griff nach mir.«

Stantz nahm die Worte sofort auf. »Arme? He, ich kann es kaum erwarten, einen Blick darauf zu werfen.«

Venkman winkte ab. Er hatte das Kommando und wollte von den anderen nicht gestört werden. »Bleibt zurück, ich mache es.« Spengler schob ihm einen Stuhl hin. Venkman setzte sich schräg vor Alice, damit er ihr ins Gesicht sehen konnte. Die Züge spiegelten noch immer den Schrecken wider, den die Frau erlebt hatte. In den Augen flackerte es. Nein, das hatte sie nicht verkraftet, und vielleicht konnte Venkman unter diesem Eindruck des Schocks mehr aus ihr herausbekommen, als sie eigentlich zugeben wollte.

»Alice«, begann er, »ich bin Dr. Venkman, Psychologe. Ich muß Ihnen zu Beginn einige Standardfragen stellen.«

Sie deutete ein Nicken an.

»Gut.« Peter Venkman faltete die Hände zusammen. Das tat er immer. Die Geste wirkte auf andere beruhigend. »Ist in Ihrer Familie irgendwann eine Geisteskrankheit aufgetreten? Schizophrenie oder auch schwere Depressionen, dann Halluzinationen . . .«

»Ja«, sagte die Frau, »das stimmt.«

»Erzählen Sie.«

»Mein Onkel hat sich immer eingebildet, er wäre der heilige Hieronymus.«

Venkman verzog das Gesicht. Stantz und Spengler hatten Mühe, ein Lachen zu unterdrücken, und auch Roger Delacorte preßte hart die Lippen zusammen.

Venkman nickte. »Für mich ist die Frage eindeutig mit einem Ja beantwortet worden. Kommen wir also zum nächsten Punkt.« Er rückte die kleine Lampe so zur Seite, daß sie ihn nicht blendete, wenn er sich vorbeugte. »Nehmen Sie gewohnheitsmäßig Drogen, Aufputschmittel, oder trinken Sie Alkohol in großen Mengen?«

»Nein.«

Venkman nickte wieder. Er entfaltete die Hände und fuhr mit beiden Händen über seine hohe Stirn. Er hatte schon zahlreiche Haare verloren, und das war zu sehen. In seinem kantig geschnittenen Gesicht verengten sich die Augen, bevor er die nächste Frage stellte, denn sie war vielen Frauen unangenehm. »Haben Sie, Alice, vielleicht im Moment Ihre Menstruation?«

Bevor die Frau antworten konnte, fragte Delacorte aufgebracht dazwischen: »Was hat das denn mit der Erscheinung zu tun?«

Venkman sagte nur knapp: »Mischen Sie sich nicht ein. Meine Fragen basieren auf Erfahrungen der angewandten Psychologie und der Parapsychologie.«

»Entschuldigung.«

»Schon gut.«

Alice sagte: »Nein, ich habe meine Tage nicht.«

»Schön. Und der Geist war echt?«

»Ja, genauso echt wie das, was er anrichtete. Die schwankenden Schränke, die schwebenden Bücher und die Karteikästen, die wie hölzerne Arme aus den Regalen schossen, Sir!« Sie richtete sich so hastig auf, daß Venkman zurückzuckte. »Das war der Horror. Der reine Horror.«

»Klar, Alice, klar.« Venkman drückte die Frau behutsam wieder zurück. »Bleiben Sie liegen.« Er wandte sich an seine beiden Kollegen. »Ich weiß genug. Wir können gehen.«

»Ja, gehen wir«, sagte Stantz eifrig.

»Und wohin wollen Sie gehen, wenn ich fragen darf?« erkundigte sich der Chef der Bibliothek. Peter Venkman stand auf. Mit dem abgespreizten Daumen deutete er nach unten. »Wir gehen ins Archiv.«

»Was wollen Sie da?«

»Geister jagen«, erwiderte er trocken.

Sie nahmen die gleiche Treppe, die auch Alice hinter sich gelassen hatte, und blieben am Beginn der Stufen stehen. Keiner wollte den Anfang machen, denn sie fühlten alle drei, daß dort unten, wo die Treppe in einen düsteren Gang mündete, etwas lauerte.

Sie hatten ihre Geisterspürgeräte mitgenommen und auch eine Kamera, um den Geist zu fotografieren. Wer nicht genau hinsah, hätte sie auch für Astronauten halten können, so seltsam wirkten die elektronischen Apparate, die sie mitschleppten.

Sogar Antennen besaßen die Geräte. Wenn die Ausstrahlung eines Geistes von der Antenne aufgenommen wurde, würden sie das Phänomen auf einer Skala ablesen können.

Egon Spengler fummelte an seinem Geisterspür-Apparat herum, drehte an einigen Knöpfen und erhöhte noch die nervöse Gespanntheit seiner Kollegen. »Laß es doch«, sagte Stantz gereizt.

»Ray, hör doch!« zischte Spengler. »Ich glaube, da tut sich etwas.«

»Wie?«

»Das Gerät wird warm.«

»Ehrlich?«

»Ja, der Geist muß da irgendwo lauern.« Egon Spengler deutete nach unten.

Venkman hielt es nicht mehr aus. Es brachte nichts, wenn sie hier stehenblieben und diskutierten. Sie mußten hinunter in das Archiv, wo der Geist erschienen war.

Vielleicht lauerte er wirklich noch da.

Vorsichtig schritten sie die Treppe hinab. Keiner wollte es vor dem anderen zugeben, aber weiche Knie besaß jeder von ihnen. Hinzu kam die Stille. Nur ihre eigenen Schritte hörten sie. Die schwache Beleuchtung sorgte dafür, daß ihre Schatten übergroß an den Wänden flackerten.

Peter Venkman war vorangegangen und erreichte auch als erster den Gang. Er blieb stehen und schüttelte den Kopf.

»Was hast du?« fragte Spengler.

»Hier möchte ich nicht tot über dem Regal liegen. Schaut euch dieses Labyrinth doch mal an. Das sind ja nur Gänge, ein Wirrwarr aus Regalen und Schränken. Und überall Bücher und Papiere.«

»Wir sind ja auch in einer Bücherei«, meinte Stantz.

»Toll kombiniert, wirklich.« Peter Venkman schüttelte den Kopf und wandte sich nach rechts, wo nicht die hohen Schränke mit den Karteikästen standen, sondern bis zur Decke reichende Regale aus dunklem Holz.

Die anderen beiden waren zurückgeblieben, und Peter hörte plötzlich Spenglers Ruf. »Verdammt, es wird heiß. Nein, es bewegt sich, auf der Skala, meine ich . . .« Seine Stimme überschlug sich fast. »Hier existiert eine paranormale Aktivität, Freunde.«

Stantz nickte. Er machte Venkman auf ein anderes Phänomen aufmerksam. »Schau mal genau in das Regal, vor dem du stehst. Fällt dir nichts auf, Partner?«

»Du meinst die Bücher?«

»Richtig. Das ist ein asymmetrischer Bücherstapel. Ich habe über die Philadelphia-Materie gelesen. Das war 1947. Da hat es ähnliche Turbulenzen gegeben. Die Bücher im Regal liegen doch durcheinander. So etwas kommt in einem Archiv nicht vor.«

Venkman schaute sich den Stapel an. Er nickte ein paarmal, als seine Blicke über das Durcheinander glitten. »Du hast recht, Ray. Kein menschliches Wesen würde Bücher *so* stapeln.«

»Dann war es ein Geist!« hauchte Spengler, einen ehrfurchtsvollen Ton in der Stimme.

Die nächsten Sekunden verliefen schweigend. Die drei Freunde schluckten, sie schauten sich vorsichtig um, und ein jeder verspürte das kalte Gefühl im Nakken, auch Peter Venkman, der alles noch sehr wissenschaftlich sah oder sich darum bemühte.

Spengler griff nach dem Rohr. Es war mit dem sensiblen elektronischen Apparat auf seinem Rücken verbunden und sah aus wie der Schlauch eines Staubsaugers.

»Laß uns weitergehen«, schlug Venkman vor.

»Ja, gut.«

Wieder waren nur die Schritte der drei zu hören. Sie gingen geduckt, wie auf dem Sprung, schauten sich des öfteren um, sahen aber nur die Regale, Gänge und Karteischränke.

Nichts rührte sich.

Schwer lastete die Stille innerhalb dieses großen Kellerarchivs. Und doch mußte da etwas sein. Sie spürten es.

Ray Stantz zog plötzlich dreimal hintereinander die Nase hoch. »Verdammt, ich rieche was.«

»Und?«

Venkman hatte die Frage gestellt und schaute Stantz zu, der einige Schritte zur Seite ging, noch immer die Nase hochzog und etwas von einer telekinetischen Aktivität murmelte.

Dann blieb er stehen wie vor eine Wand gelaufen. »Seht euch das an! Kommt her.«

Stantz deutete auf einen Aktenschrank. An ihm klebte etwas Grünes. Hauchdünn und durchsichtig. »Das sind ektoplasmische Absonderungen – ein eindeutiger Beweis dafür, daß tatsächlich ein Geist hier unten war. Alice hat sich nicht getäuscht. He, Peter, nimm eine Probe davon.«

Auch Spengler kam heran und schaute neugierig auf die Stelle am Schrank, die Stantz entdeckt hatte.

»Freunde, das ist einmalig! Das kann unser Durchbruch sein!« rief Stantz aufgeregt.

Dr. Venkman sah die Situation gelassener. »Ich will

mich ja nicht verrückt machen, vielleicht hat sich hier einer die Nase geputzt und das Zeug liegenlassen.«

Keiner ging auf den Witz ein. Spengler meinte: »Das würde ich gern analysieren.«

»Das Zeug aus der Nase?«

»Hör auf, Peter.«

»Kommt her!« vernahmen sie die frohlockende Stimme von Stantz, »hier ist noch mehr.« Er hatte sich etwas entfernt und war neben einem Regal und den Karteikästen stehengeblieben.

Sie gingen zu ihm. Spengler war begeistert. »Ich stelle einen stärkeren Ausschlag auf der Skala fest, Freunde. Da tut sich was. Ihr könnt es mir glauben. Das wird stark, superstark.«

Stantz eilte weiter. Spengler folgte ihm in einen schmalen Gang zwischen die Regale. Venkman machte den Schluß. Stantz war von den beiden schon nicht mehr zu sehen. Die Schatten hatten ihn geschluckt.

Und dann sahen sie es.

Es ging so plötzlich, daß sie kaum einen klaren Gedanken fassen konnten. Sie hörten plötzlich jaulende Laute, dazwischen ein Knirschen und Schaben und bekamen noch soeben mit, wie neben ihnen ein Regal ins Wanken geriet.

Und dann kippten auch schon die Bücher.

»Weg!« Venkman stieß Spengler so überhastet an, daß der zu Boden fiel.

Das Regal schwankte stärker, stürzte.

Es regnete Bücher, die aufklappten, als sie sich in der Luft befanden und zu Boden flatterten. Spengler wurde darunter begraben, er fluchte, und Venkman schaffte es noch soeben, ihn an der Schulter zu fassen und zur Seite zu ziehen, sonst hätte ihn das Regal voll getroffen.

»Das war knapp. Dank dir, Peter.« Spengler stemmte sich wieder auf die Füße.

Venkman dachte an Stantz. »Wo steckt Ray?«

Stantz hatte die Frage gehört. »Kommt her zu mir. Hier bin ich.« Seine Stimme zitterte. »Ich . . . ich habe ihn, verflixt, ich habe ihn. Den Geist! Er ist hier.«

Peter Venkman und Egon Spengler schauten sich an. Tatsächlich, da mußte etwas sein, denn die Antenne auf dem Gerät begann sich zu drehen.

»Sie hat Kontakt!« raunte Egon Spengler.

Venkman lief schon vor, Spengler folgte ihm mit unsicheren Schritten, holte ihn auch ein, und dann blieben beide wie vom Donner gerührt, stehen.

Der Geist!

Stantz, der dieser Erscheinung am nächsten stand, hielt den Arm ausgestreckt und sah wie am Boden festgeklebt aus.

Niemand traute sich, die Gestalt zu berühren, und auch sie kümmerte sich nicht um die drei.

Es war eine Frau. Ein weibliches Gespenst, das grünlich schimmerte und gleichzeitig durchsichtig war, so daß die drei Freunde durch das Frauengespenst hindurch das Regal mit den Büchern sehen konnten.

Ein Buch hatte die Geisterfrau der Regalreihe entnommen und auf ein kleines Stehpult gelegt. Sie stand davor und las!

»Es ist tatsächlich da!« flüsterte Spengler heiser.

Er stand nur da und staunte. Sein Adamsapfel hüpfte.

Ray Stantz, der die Erscheinung als erster gesehen hatte, fühlte sich als Entdecker. »Das ist eine echte Erscheinung!« flüsterte er. »Eine echte. Ich . . . ich muß mit ihr reden.« Er warf den beiden anderen einen schnellen Blick zu.

Sie sagten nichts, also nahm Ray Stantz es als Einverständnis hin und ging noch einen Schritt vor. Die beiden anderen sahen, wie schwer es ihm fiel. Wie sprach man einen Geist an? Verstand sie überhaupt seine Sprache? Was konnte man sagen? Schweißtropfen bildeten sich auf Stantz' Stirn. Es war eine große Verantwortung, die jetzt auf ihm lastete. Er würde es sich nie verzeihen können, wenn der Geist durch ein ungeschicktes Wort wieder verschwand, bevor er die einmalige Gelegenheit genutzt hatte, nähere Bekanntschaft mit ihm zu schließen.

Ray Stantz hatte sich neben der Erscheinung aufgebaut und wie bittend seine Hände ausgestreckt.

»Wer immer du sein magst, meine Teure, würdest du die Freundlichkeit haben und mit mir reden? Würdest du das tun, meine Liebe? Nur eine Sekunde, bitte. Ich nenne dich einfach Francine und hoffe, daß dir der Name gefällt, auch wenn du nicht so heißt. Bist du einverstanden?«

Die unheimliche Geisterfrau gab keine Antwort. Sie blieb so starr, so durchsichtig da stehen, als hätte sie die bittenden Worte des Mannes überhaupt nicht vernommen.

Stantz wartete geduldig. Die Stimme hatte den Geist jedenfalls nicht verschreckt. Er wischte über sein schweißnasses Gesicht, dann drehte er sich zu seinen Freunden um und fragte hilfeheischend: »Was sollen wir denn jetzt tun?«

Venkman winkte ab. »Hör am besten auf zu reden.«

»Nein, Peter. Das ist unsere Chance, unsere einmalige Chance. Wir müssen einen Kontakt bekommen. Einer von uns sollte versuchen, mit ihr zu sprechen. Mir ist es nicht gelungen . . .«

»Ich bin auch dafür«, sagte Egon Spengler eindringlich.

Venkman seufzte und hob die Schultern. »Okay, Leute«, gab er sich lässig, »wenn es keiner von euch übernehmen will, mache ich es.« Er trat zwei Schritte vor und sprach das grünlich schimmernde Gespenst direkt an.

»Hallo, ich bin Peter, Süße. Sag mir doch, wer du bist! Und wo kommst du her? Wie alt bist du . . .?«

Seine Fragen stießen auf keine Gegenliebe. Dafür geschah etwas anderes. Das Gespenst stieß ein schweres Seufzen aus, das sich anhörte, als würde es große Qualen erleiden.

»War das was?« fragte Venkman.

»Nein.« Stantz schüttelte den Kopf. »So kommen wir nicht weiter. Wir müssen es ganz anders machen.«

»Und wie?« wollte Venkman wissen.

»Genau weiß ich das auch nicht.« Rays Stimme steigerte sich. »Auf jeden Fall mußt du dranbleiben. Bleib immer dran, tu genau, was ich dir sage. Und du auch, Spengler!«

»Was denn?«

»Ihr müßt sie anfassen, packen und nicht loslassen. Ist das klar?«

Venkman und Sprengler nickten. Selten hatten sie eine solche Spannung gefühlt wie in diesen Augenblikken. Dieses Gefühl zeichnete sich auf ihren Gesichtern ab. Die Blicke waren starr auf die Gestalt gerichtet, die Lippen zusammengekniffen. Sie atmeten flach durch die Nase.

»Fertig?« fragte Stantz.

»Ja.«

Sprengler nickte nur.

»Dann los!«

Venkman und Sprengler blieben zusammen. Sie wollten von vorn starten, Stantz kam von der Seite.

Sie machten es gemeinsam.

Drei Körper schnellten durch die Luft. Die Zeit schien plötzlich langsamer zu laufen. Jeder der Männer behielt die Geisterfrau im Blickfeld, fast gleichzeitig packten die Hände zu und . . .

Schreie gellten.

Venkman brüllte.

Stantz schrie.

Auch Spengler riß weit den Mund auf, bevor sich ein

gellender Ruf aus seinem Rachen löste. Jeder von ihnen bekam die Kraft voll mit, die von dieser Geisterfrau ausging.

Schläge wie von unsichtbaren Fäusten trafen sie. Venkman krachte gegen ein Regal und brachte es zum Wanken. Aus der obersten Reihe flogen Bücher und Akten heraus.

Stantz lag auf dem glatten, nach Bohnerwachs riechenden Boden und krümmte den Oberkörper, während seine Beine konvulsivisch zuckten und die Hakken gegen eine Regalkante schlugen.

Auch Spengler hatte es erwischt. Mit dem Hinterkopf war er gegen einen Karteikasten geschlagen. In seinem Schädel schien sich ein Bienenschwarm auszutoben. Er hatte den Mund aufgerissen, hielt krampfhaft die Luft an und drehte den Kopf so, daß er genau auf die grüne Gestalt schauen konnte, die von ihnen angefaßt worden war.

Es gab sie nicht mehr.

Auf schaurige Weise hatte sie sich verändert, und zwar genau in der Sekunde, als sie berührt worden war. Spengler und die anderen beiden hatten sie noch gespürt. Zwischen ihren Fingern klebte ein amorpher Schmier, dann war der Hammer gekommen.

Ein Ungeheuer starrte auf sie nieder.

Ebenfalls grünlich schimmernd, mit einem gewaltigen Rachen versehen, der wie ein Tunnel wirkte und den Eingang zu einem Schlund bildete, in dem es rötlich gloste.

Beine hatte das Wesen tatsächlich nicht, dafür Arme, sehr lang und gummiartig; ein schauriges Gespenst, das fauchende Laute ausstieß, die in einen lauten Heulton übergingen, bevor es einen gewaltigen Schub bekam, mit affenartiger Geschwindigkeit in Kopfhöhe durch den Gang fetzte und wie ein Feuerwerkskörper verschwand.

Venkman, Spengler und Stantz blieben liegen. Sie waren nicht mehr in der Lage, überhaupt ein Bein zu heben, so sehr hatte sie die Verwandlung des Gespenstes geschockt.

Stantz sprach als erster. »Hast du es fotografiert, Spengler?«

»Scheiße habe ich.«

»Reißt euch zusammen«, sagte Venkman stöhnend und schüttelte den Kopf, als könnte er so die Bilder aus seinem Hirn vertreiben, die er gerade noch gesehen hatte.

»Es ist bestimmt noch da«, meinte Spengler. »Verflucht, das spüre ich doch. Es hat sich noch nicht verzogen.«

»Dann müssen wir hinterher«, sagte Stantz. Er war als erster auf die Füße gekommen, schaute sich um und schüttelte dabei den Kopf. Er hielt sich den Nacken. »Da hat mich das verfluchte Ding erwischt.«

»Und mich am Kinn«, beschwerte sich Spengler. »Zum Glück hält die Brille noch.«

»Wir scheinen wohl allesamt Glückspilze zu sein«, bemerkte Venkman.

»Wie meinst du das?«

»Sonst würden wir nicht mehr leben.« Er hakte seinen Staubsaugerschlauch los und nahm ihn in beide Hände. Wie eine Lanze stach das Rohr vor. »Jetzt soll das Ding nur kommen. Wir werden dem Gespenst das Lebenslicht auspusten, darauf könnt ihr euch verlassen.«

»Kann man das denn?« fragte Spengler.

»Was?«

»Ich meine, ein Gespenst töten. Das ist doch schon tot – oder?«

»Quatsch nicht.« Venkman war sauer. Er schlug vor, daß sie sich trennten, um bei der Jagd größere Chancen zu haben.

»Das mache ich nicht mit, Peter«, sagte Stantz entschieden.

»Und weshalb nicht?«

»Ich verschwinde. Diesmal haben wir noch Glück gehabt, aber beim nächstenmal . . .«

Venkman lachte. »Willst du denn kein Geisterjäger sein?«

»Ja, auch. Aber mit besserer Ausrüstung. Wir wissen, daß es Geister gibt und können uns demnächst darauf einstellen. Bei unseren späteren Einsätzen.«

Spengler nickte so heftig zu den Worten seines Freundes, daß Venkman sich zu einem Rückzieher gezwungen sah. »Okay, meinetwegen, verschwinden wir von hier.«

Sehr vorsichtig und stets nach allen Seiten sichernd, gingen die drei Männer den gleichen Weg zurück, den sie gekommen waren. Erst auf der langen Treppe atmeten sie auf. Venkman hatte wieder die Führung übernommen und erschrak heftig, als er am Ende der Stufen eine Gestalt sah. Wie ein Schattenriß zeichnete sie sich dort ab.

»Wer ist das?« fragte Stantz leise.

»Haben Sie das Gespenst gesehen? Was war es denn?«

Die Freunde entspannten sich, als die Stimme des Direktors der Public Library zu ihnen herabschallte. Sie gaben keine Antwort, sondern schleppten sich mit müden Schritten die Treppe hoch.

»Was war denn los?« fragte Delacorte aufgeregt.

Venkman grinste ihn an. »Nichts war los, Meister. Aber wir kommen noch mal auf Sie zurück. Ganz bestimmt sogar.«

»Bin wirklich gespannt, was Yeaker von uns will«, meinte Stantz und schaute die beiden anderen fragend an.

Venkman und Spengler antworteten nicht. Peter Venkman hatte sich auf ein Geländer gestützt. Er stieß sich ab und drückte Stantz seinen rechten Zeigefinger gegen die Brust. »Wenn man es genau nimmt, bist du Schuld an der ganzen Misere.«

»Ha, und weshalb ich?«

»›Faßt sie an!‹« imitierte Venkman. »›Faßt sie an, faßt sie an!‹ Es war doch dein Plan.«

»Na und?«

»War das wissenschaftlich?«

»Nicht direkt, aber . . .«

»Bullshit war das, mehr nicht.« Venkman hob die Hand. »Wir hätten da alles rausholen können.«

»Beim nächstenmal hören wir eben auf dich.«

»Ja, das ist besser.«

Stantz ging ein paar Schritte zur Seite. Er hob die Schultern. »Das kann jedem passieren«, sagte er, während er mit gesenktem Kopf seine Kreise zog. »Ich war einfach zu erregt, als ich den Geist sah. Schließlich habe ich ihn entdeckt. Das war unglaublich, Peter. Überleg doch mal.« Er kam wieder näher und hielt Venkman die gespreizten Finger seiner rechten Hand vor das Gesicht. »Ich habe tatsächlich eine ätherische Ebene berührt! Das ist unwahrscheinlich, einmalig. Weißt du eigentlich, was das für die Uni hier bedeuten könnte?«

»Das werden wir gleich vom Dekan erfahren«, erwiderte Venkman trocken.

»Sei doch mal ernst, Mensch!«

»Gut, was willst du wissen?«

»Deine Meinung.«

Peter Venkman nickte. »Ja, ich will ehrlich sein. Sollte das, das wir entdeckt haben, den Tatsachen entsprechen, gibt es eine Revolution. Unsere Entdeckung wird wichtiger und weittragender sein als die Erfindung des Mikrochips oder die erste Mondlandung.« Er schaute seine Freunde an. »Meine Gelassenheit ist nur gespielt. Ich bin verdammt aufgeregt und gespannt, wie es weitergehen wird.«

»Und du, Spengler?« fragte Stantz.

»Ich sehe das Problem mehr als Physiker. Nach wie vor bin ich der Überzeugung, daß wie einen solchen Geist fangen und ihn«, er schaute seine Freunde über den Rand seiner Brille an, »auch für bestimmte oder unbestimmte Zeit festhalten können.«

Stantz nickte heftig. »Das glaube ich auch. Wenn die Schwingungen konstant für alle ektoplasmischen Wesen sind, könnten wir vielleicht ein paar Schädel einschlagen. Das meine ich natürlich im übertragenen Sinne.«

»Ich sehe schon, wie wir als ›Geisterjäger‹ gefeiert werden«, sagte Spengler grinsend. »Die Ghostbusters von New York.«

Venkman schwieg.

»Was hast du, Peter?« fragte Ray Stantz.

»Meinst du das im Ernst?«

»Was?«

»Daß man Geister einfangen kann?«

»Klar meine ich das ernst.«

»Und ich auch«, erklärte Spengler mit einer Stimme, die keinen Zweifel zuließ. Venkman legte Spengler eine Hand auf die Schulter. Fast feierlich erklärte er: »Egon, was immer ich von dir gesagt und behauptet haben mag – ich nehme die meisten Dinge zurück.«

»Ach, die waren doch nicht so gemeint.«

»Nein, nein, Egon, ich habe dich beleidigt. Du darfst dir eine Wiedergutmachung wünschen.«

»Mach's nicht so spannend«, sagte Spengler, der oft von den anderen beiden nicht so recht ernstgenommen wurde.

»Du kannst wählen zwischen einem Riegel Schokolade und einer Baggerfahrt durch Arizona«, verkündete Peter Venkman bierernst.

Stantz begann zu lachen. Spengler zog ein gequältes Gesicht. »Mehr nicht? Ich habe mir etwas anderes vorgestellt.«

»Du wirst unverschämt, Egon, aber sag es.« Venkman gab sich großzügig.

»Ich dachte, du spendierst mir eine Fahrt nach London.«

»Und was willst du da?«

»Jemand besuchen. Den Geisterjäger John Sinclair. Der kann uns bestimmt noch einige Tricks beibringen.«

Venkman winkte heftig ab. »Kommt nicht in Frage. New York gehört uns. Soll Sinclair auf der Themse paddeln.«

»Vorsicht«, warnte Stantz, »da kommt jemand.«

Tatsächlich war eine Tür aufgestoßen worden. Auf der Schwelle stand Dekan Yeaker. Wie immer zeigte sein glattes Gesicht kaum einen Ausdruck. Nur die Augen schienen düsterer zu blicken und Unheil zu verheißen.

Er trug einen Anzug dessen Schneider schon lange auf dem Friedhof liegen mochte.

»Darf ich die Herren bitten?«

»Gern, wir sind ganz Ohr.« Stantz grinste lässig, hob die Hand zum Gruß und schob sich als erster an dem Dekan vorbei. Seine beiden Freunde folgten ihm.

Das Büro war so muffig wie sein Bewohner. Er bot den Freunden keinen Platz an, setzte sich selbst und schob die Unterlippe vor, daß sie wie ein nasser, rosiger Rand schimmerte.

Venkman übernahm die Gesprächsführung. Auch jetzt gab er sich locker und ging in die Offensive. »Ich nehme an, daß Sie bereits von unseren Aktivitäten erfahren haben und uns bessere Arbeitsbedingungen anbieten wollen.«

Der Dekan hob leicht den Kopf. »Und was stellen Sie sich darunter vor?«

»Wir werden verlegt, bekommen ein neues Labor, Geldmittel für Forschung, so daß wir der Uni Ehre machen, die . . .«

»Hören Sie auf, Venkman!« Die Stimme des Dekans klang schrill. Er sprang sogar auf. »Sind Sie verrückt geworden?«

»Wieso?«

»Geldmittel! Neues Labor!« Er schüttelte den Kopf, die grauen Haare gerieten in Unordnung. »Sie werden sich wundern, Gentlemen.«

»Worüber?« erkundigte sich Egon Spengler vorsichtig.

»Nun, Ihrem Wunsch nach Verlegung kann ich entsprechen«, begann der Dekan.

Stantz strahlte ihn an. »Das ist doch wenigstens ein Anfang.«

Die karge Gestalt des Dekans straffte sich, als er zu einer Rede ansetzte. Die Männer kannten das. Yeaker wurde offiziell.

»Das Aufsichtskomitee hat beschlossen, Ihre Aktivitäten zu beenden. Damit verbunden sind die Streichungen der Stipendien und jede Art von Mittelzuteilung. Ferner haben Sie das Gelände noch am heutigen Tag zu verlassen. Räumen Sie Ihre Büros.«

Venkman, Spengler und Stantz hatten zugehört. Bei jedem Wort, das ihnen der Dekan gesagt hatte, waren ihre Gesichter länger geworden. Nach seinen Ausführungen dauerte es eine Weile, bis sie sich so weit erholt hatten, daß sie etwas erwidern konnten.

Peter Venkman sprach auch im Namen seiner Freunde. »Was Sie uns da vorgeworfen haben, ist skandalös, unglaublich und einfach unerhört. Ich verlange von Ihnen eine Erklärung, wenn nicht Entschuldigung.«

Dekan Yeaker lachte. »Entschuldigung? Sie träumen wohl. Diese Universität wird Ihre Art von Spielchen, die sie als Forschung bezeichnen, nicht länger akzeptieren. Und auch nicht damit fortfahren, irgendwelche Aktivitäten Ihrer Gruppe zu finanzieren. Was das deutlich genug?«

»Aber die Schüler lieben uns«, warf Venkman lahm ein.

Wieder straffte sich die Gestalt des Dekans. Seine Stimme bekam einen dozierenden Unterton, als er sagte: »Dr. Venkman, wir gehen davon aus, daß es Zweck der Wissenschaft ist, den Menschen zu dienen. Wir aber glauben, daß Sie die Wissenschaft als eine Art von Fluchtweg oder Alibi für irgendwelche Phantastereien benutzen. Ihre Theorien sind übelster Mist.« Yeaker sah, daß Venkman widersprechen wollte, deshalb redete er schnell weiter. »Ihre Schlußfolgerungen aus den Arbeiten sind äußerst zweifelhaft und angreifbar, außerdem sind Sie ein schlechter Wissenschaftler, Dr. Venkman.«

»Ach so . . .«

Der Dekan ließ sich nicht beirren. »Deshalb haben Sie an dieser Universität keinen Platz.«

Venkman nickte. Die beiden anderen waren blaß geworden. Ihnen hatte es die Sprache verschlagen.

»Sie sind entlassen!« fügte der Dekan noch hinzu, um auch den letzten Zweifel auszuräumen.

Die drei schlichen aus dem Raum und kamen sich dabei vor wie geprügelte Hunde. Damit hatte keiner von ihnen gerechnet.

Im Flur holten sie erst einmal tief Luft.

Spengler, der sonst immer ein wenig versponnen und zurückhaltend war, öffnete seinen Mund. »Das ist Schei . . .«

»Vergiß es«, sagte Venkman. »Oder schluck's runter.«

»No, Sir, die weiche Masse nicht. Daran soll der Dekan ersticken, dieser Büropisser.«

Ray Stantz war sehr schweigsam.

Er schaute zu Boden und begann erst nach einer Weile zu reden. »Wir können alles vergessen. Das Institut für Technologie, die Stanford Universität, unsere Arbeit, die Forschung, einfach alles. So etwas spricht sich rum. Uns würden sie nicht einmal mit einem zehn Meter langen Stock anrühren. Wir sind Aussätzige, meine Freunde.«

Peter winkte ab. »Nun mach es mal halblang. Immer bist du um deinen guten Ruf besorgt. Forscher müssen leiden und Niederlagen einstecken, das war schon immer so. Ich denke da an Einstein.«

»Was hat der denn damit zu tun?« fragte Stantz.

»Einstein hat seine besten Arbeiten geleistet, als er Angestellter in einem Patentamt war.«

»Toll, Peter. Weißt du auch, wieviel ein Patentamt-Angestellter so verdient?«

»Nein.«

»Ich auch nicht«, gab Stantz zu. Er hob die Schultern. »Für meinen Teil habe ich die Uni immer gemocht.« Seine Stimme klang traurig. »Ich fühlte mich einfach wohl hier. Man hat uns Geld und Einrichtungen zur Verfügung gestellt, wir konnten forschen, man hat uns in Ruhe gelassen, und du, Peter, hast du noch nie in der freien Wirtschaft gearbeitet wie ich. Da verlangen sie Resultate. Dir wird ein bestimmter Zeitraum gesetzt, und wenn du nichts bringst, kippen sie dich. So einfach geht das da. Da hatten wir es hier besser.«

Peter Venkman wollte die Antwort nicht akzeptieren. »Ray, hör zu«, sagte er eindringlich. Aus welchen Gründen sie uns auch immer von der Uni geworfen haben, Nenne es meinetwegen Schicksal, Kismet oder was weiß ich nicht alles. Ich glaube daran, daß nichts ohne Motiv geschieht.«

»Ja, du als Seelenklempner . . .«

»Das hat damit nichts zu tun, Ray. Es war uns bestimmt, daß man uns von der Uni warf. Glaubt mir das. Alles ist im Buch des Schicksals vorgezeichnet. Ich sehe es positiv, daß man uns aus diesem Scheißladen gefeuert hat.«

Stantz lachte. »Wie kannst du nur so denken?«

Er bekam die Antwort. »Es ist eine Super-Chance für uns, groß ins Geschäft zu kommen. Jetzt werden wir nicht mehr gehegt und gepflegt, nun müssen wir selbst etwas auf die Beine stellen. Wir sind Unternehmer in Sachen Geisterjagd. Also werden wir es anpacken. Klar?«

Stantz hob die Schultern. Venkman ließ ihm Zeit, sich die Worte durch den Kopf gehen zu lassen. Nach einer Weile hatte Ray die Antwort gefunden, und sie bewies, daß er sich bereits auf die neue Situation eingestellt hatte.

»Ich denke da an dieses Ekto-Zügelungs-System, an das Gerät zum Fangen der Geister, auf das Spengler und ich so stehen. Was meinst du, wie viele Scheine das Ding kosten wird?«

»Ich weiß es nicht«, gab Venkman zu und freute sich so, daß er Ray auf die Schulter schlug. »Ich finde es nur toll, daß du an die Zukunft denkst. Du wirst es nie zu bereuen haben, Ray, ich verspreche es dir, ehrlich.«

»Ja, schon gut.« Stantz schaute an Peter vorbei. Daß er nachdachte, war am Ausdruck seiner Augen abzulesen. »Meine Eltern haben mir ein Haus hinterlassen. Ich bin dort geboren.«

»Kommt nicht in die Tüte, daß du es verkaufst. Du wirst dein Elternhaus nicht verlieren. Heutzutage bekommt doch jeder drei Hypotheken auf so einen Kasten.«

»Aber zu neunzehn Prozent. Manchmal habe ich das Gefühl, daß unser smarter Präsident selbst daran verdient.«

»Dennoch sollten wir es versuchen.«

Die Freunde waren mit Venkmans Vorschlag einverstanden und beschlossen, eine Bank aufzusuchen.

Sie schwitzten alle drei, als sie das Büro des Bankmenschen verließen, und jeder von ihnen hatte noch das Gesicht mit dem servilen Lächeln des Knaben vor Augen.

»Tatsächlich neunzehn Prozent!« stöhnte Stantz. »Und du, Venkman, hast mit dem verdammten Kerl nicht einmal gefeilscht.«

»Die lassen sich doch auf nichts ein. Das sind doch schlimmere Gangster als Al Capone.«

Sehr vorsichtig meldete sich Egon Spengler. »Ich habe mal ausgerechnet, wieviel Zinsen wir zahlen müssen.«

Nach diesen Worten blieben die drei an der gläsernen Drehtür stehen. »Für die ersten fünf Jahre belaufen sich die Zinsen allein auf 95000 Dollar. Irre, wie?«

Stantz wurde so blaß, daß er schon fast aussah wie eine alte Leiche. »Du hast dich nicht verrechnet?«

»Nein.«

Noch immer blaß, lehnte sich Ray gegen eine Säule. Er sah aus, als wollte er sich übergeben.

Peter gefiel die Wandlung seines Freundes überhaupt nicht. Er mußte ihn einfach aufmöbeln. Als wäre Ray seine Geliebte, so nahm er ihn am Arm und zog ihn von der Säule weg. »Hör zu, Ray, wir stehen auf der Schwelle zu einem großen Ereignis. Durch unsere Forschungen wird es der Wissenschaft gelingen, eine

Dekade zu überspringen. Wir werden die Männer der Nation werden. Die Ghostbusters, die Geisterjäger. Bald wird man uns kennen. Nicht allein in New York. Von Küste zu Küste wird man unsere Namen nur mit Ehrfurcht aussprechen.« Er steigerte sich in eine wahre Begeisterung hinein. »Wir werden alles annehmen, paranormale Untersuchungen führen, wir werden zu Exorzisten, wir befreien Spukhäuser von ihren Gespenstern, und wir können, wenn wir den ersten großen Erfolg gehabt haben, weitere Konzessionsrechte vergeben, die uns Millionen einbringen. Darauf kannst du dich verlassen. Millionen.«

»Irgendwie bist du verrückt«, sagte Ray, lächelte aber, ein Zeichen, daß er seinen Schock überwunden hatte.

»Sagst du immer noch nein?« fragte Venkman.

»Kann ich das bei den Schulden?«

»Wohl kaum. Jetzt müssen wir nach vorn blicken.«

»Ich bin dabei.«

Venkman lachte laut. Einige Kunden wurden aufmerksam. »Hand drauf, Partner, es geht rund.«

Auch Spengler kam und legte seine Hand auf die der Freunde.

»Und was machen wir als erstes?« fragte Stantz.

Venkman antwortete: »Das habe ich mir schon alles genau überlegt. Wir suchen uns zunächst ein Hauptquartier und steigen danach groß ein.«

»Wie denn?« fragte Spengler.

»Wirst du schon sehen. Bald kennt jeder unsere Namen. So, jetzt wandern wir gemeinsam zu einem Makler. Mal sehen, was diese Knaben uns so anzubieten haben . . .«

Es stank nicht nur nach Dreck, es war auch dreckig. Fabrikmauern sahen aus wie Gefängniswände. Irgend jemand hatte Parolen auf die grauen Steine gesprüht.

In den Gossen lag Abfall. Ein paar herumstreunende Hunde begannen zu kläffen, als sie den Wagen sahen, dann zogen sie den Schwanz ein und trotteten davon. In Hausecken lungerten ein paar Halbwüchsige herum.

Als der Wagen vor dem Haus hielt, zog selbst die so adrett gekleidete und forsche Maklerin ein bedenkliches Gesicht. Die Mienen der drei Freunde sahen nicht anders aus.

»Gehen wir doch erst mal rein«, schlug die Maklerin vor. »Sie dürfen sich nicht schocken lassen.«

»Sie wollen die Bude auch nicht kaufen«, meinte Stantz.

»Nehmen Sie es doch nicht persönlich, Mister. Für das Geld, das Sie anlegen können oder wollen, ist das Haus geschenkt.«

»Bezahlen Sie die Renovierung?«

Stantz bekam auf diese Frage keine Antwort. Die Haustür kratzte über den Boden und erzeugte ein Gänsehautgeräusch.

In der geräumigen Diele blieben sie stehen. Durch die schmutzigen Fensterscheiben sickerte trübes Tageslicht und breitete sich wie ein glanzloser Teppich auf dem Boden aus. Nur allmählich legte sich der Staub, der von den Schuhen der Eintretenden aufgewirbelt worden war.

Die Maklerin baute sich vor den drei Freunden auf, schlug mit einer kessen Kopfbewegung ihre Haare zurück. »Hier unten befinden sich das Büro, das Schlafzimmer und die Duschen. Sie werden sehen, daß alles sehr großzügig angelegt ist.«

»Fahren Sie fort«, sagte Venkman.

»Oben finden Sie eine komplette Küche.«

Die drei sahen sich um. Stantz zog ein Gesicht, als

hätte er verdünnte Salzsäure getrunken. Spengler schaute ziemlich traurig aus der Wäsche, und Venkmans Blick konnte man milde ausgedrückt als Skeptisch bezeichnen.

»Nun, was meinen Sie?« fragte die Maklerin und lächelte verkaufsfördernd.

Venkman schabte mit dem Daumennagel durch sein dichtes Nackenhaar. Er wandte sich nicht an die Maklerin, sondern sprach Egon an. »Das Ding scheint mir ein bißchen teuer für eine reparaturbedürftige Anfangschance zu sein. Was hältst du davon, Egon?«

»Wenn ich mich nicht irre, sollte alles, was auf diesem Grundstück steht, einmal abgerissen werden.« Er hob den Arm und wies gegen die Decke. »Von den Flecken will ich mal gar nicht sprechen, aber die tragenden Elemente zeigen Ermüdungserscheinungen. Die Elektroinstallation muß erneuert werden. Und dann diese Nachbarschaft – also, ein Traum ist das nicht.«

Seine Meinung stieß bei der Maklerin nicht auf Gegenliebe. Ihr Lächeln war verschwunden.

Stantz hatte kaum zugehört. Er war durch das Erdgeschoß gewandert und blieb vor einer Stange stehen, die von der ersten Etage bis zum Erdgeschoß führte. Wie bei der Feuerwehr, dachte Stantz lachend. »He, Miß, funktioniert die Stange eigentlich noch?«

»Wieso?«

Stantz schüttelte den Kopf. »Leute«, sagte er, »die Bude ist stark, irre, großartig.« Er klatschte in die Hände. »Meinetwegen können wir einziehen. Ich hole schon mal meine Sachen.«

Das Lächeln kehrte in das Gesicht der Maklerin zurück. »Dann werden Sie es kaufen?«

Stantz gab ihre keine Antwort. Er redete auf seine Freunde ein. »Wir sollten es ausprobieren. Verbringen wir doch mal einen Tag und eine Nacht hier, dann wissen wir, ob es uns gefällt . . .«

Peter Venkman war weniger begeistert, aber er wollte den Enthusiasmus seines Freundes nicht dämpfen. »Na gut«, meinte er. »Ziehen wir ein.«

Die Maklerin strahlte.

»Hi!«

Dana Barrett blieb abrupt stehen und erschreckte sich so sehr, daß ihr fast die braune Einkaufstüte aus der Armbeuge gerutscht und zu Boden gefallen wäre. Sie atmete zweimal tief durch und preßte ihre freie Hand dorthin, wo unter der Haut das Herz schlägt. »Mein Gott, Louis, hast du mich erschreckt.«

»Tut mir leid, das wollte ich nicht. Ich habe dich für einen wandelnden Drugstore gehalten.«

Dana mußte lachen, ob sie wollte oder nicht. Sie mochte Louis. Wenn sie ihn so anschaute, das gescheitelte, leicht krause Haar sah, die Brille mit dem dicken Horngestell und die schmale Gestalt mit dem blassen Gesicht, mußte sie unwillkürlich an Woody Allen denken.

Wie verloren stand er in dem hohen Flur, bewegte seinen Mund und wußte eigentlich nicht, ob er lächeln oder weinen sollte. Dana bekam so etwas wie Mitleid mit Louis, dessen Stimmung von einer Sekunde zur anderen umschlagen konnte. Von ruhig bis hektisch.

»Bist du krank?«

»Ich?« Er lachte. »Nein, nein, ich fühle mich großartig, fein. Habe noch ein paar Vitamine zu mir genommen. Du weißt doch, Dana, man muß in Form bleiben.« Er begann auf der Stelle zu tanzen und übte sich im Schattenboxen. Beinahe hätte er Danas Tüte noch erwischt.

»He, mach's halblang.«

»Sorry, aber ich bin noch voller Power. Ich hab' trainiert.«

»Was denn?«

»Aerobic im Fernsehen. Zwanzig Minuten. Ich habe sie auf Video aufgenommen und dann bei doppelter Geschwindigkeit zurücklaufen lassen, so daß sie nur zehn Minuten gedauert hat.«

Dana Barrett zog ein skeptisches Gesicht. »Und das hast du geschafft? Bei dieser Geschwindigkeit?«

»Klar.«

»Das ist ja toll.«

Louis war für die Komplimente von Dana besonders empfänglich. Er glaubte, daß dies der richtige Zeitpunkt war, einen neuen Vorstoß zu unternehmen.

»Hast du Lust, auf einen Schluck Mineralwasser zu mir auf die Bude zu kommen?«

»Das tut mir leid.« Danas Gesicht nahm einen Ausdruck an, der zeigte, daß ihr Bedauern echt war. »Ich wäre gern gekommen, Louis, aber es geht nicht, ich muß zu einer Probe. Kannst du mir noch mal verzeihen?«

»Klar doch, Schwester.« Er schnippte mit den Fingern. »Ich nehme einen Gutschein an für das nächste Mal. Du weißt ja, Bio-Nahrung und Mineralwasser habe ich reichlich im Haus.«

Dana lächelte ihn an. »Das weiß ich genau. Ich mag dich am liebsten von allen.«

»Oh, danke.« Louis wurde verlegen und wechselte das Thema. »Eigentlich dürften wir hier gar nicht wohnen. Dieser alte Apartmentkasten ist nichts für uns. Wir haben Besseres verdient. Aber bevor es soweit ist, will ich hier etwas ändern, weißt du.«

Dana hörte zwar die Stimme des jungen Mannes, aber sie achtete nicht auf die Worte. Geräusche hatten sie abgelenkt. Stimmen und auch eine eigenartige musikalische Untermalung.

»Hörst du mir überhaupt zu, Dana?«

»Oh, entschuldige vielmals, ich war in Gedanken.«

»Klar, kann passieren. Geht mir auch oft so. Was wollte ich noch sagen?« Er legte seine Stirn in Falten. »Ja, dieses Haus ist so trostlos. Deshalb will ich eine Party geben.«

»Wirklich?«

»Wenn ich es sage.«

»Und welchen Grund hast du?«

Louis verzog die Mundwinkel. Es sollte wohl ein Lächeln sein. »Ist 'n komischer, weißt du. Ich feiere meinen vierten Jahrestag als Buchhalter und Steuerberater. Da will ich all meine Klienten mal einladen. Sind ja nicht so viele. Obwohl du, Dana, deine Steuererklärung selbst machst, lade ich dich hiermit auch herzlich ein.«

Dana nickte. »Oh, Louis, das ist toll.«

Er hob die Schultern und bewegte sich wieder ein wenig linkisch. »Na ja, ich hoffe nur, daß du auch kommst.«

»Klar, wenn ich Zeit habe.« Dana wollte nicht unhöflich sein, aber die Tüte wurde schwer. »Ich muß gehen.«

»Warte noch etwas.« Louis hielt sie am Arm zurück. »Du sollst deinen Fernseher nicht zu laut anlassen, wenn du weggehst. Mir macht es ja nichts aus. Aber der Leisetreter da hinten«, Louis deutete den Gang hinab, »hat schon den Verwalter angerufen.«

Dana runzelte die Sirn. »Ich habe den Fernseher nicht angelassen. Das muß ein Irrtum sein.«

»Kein Irrtum!« stellte Louis richtig.

»Doch!«

»Nein, Baby. Weißt du, was ich gemacht habe?«

»Keine Ahnung.« Dana wechselte die Tüte in die andere Armbeuge

»Ich bin sogar auf den Sims geklettert, um die Kiste

auszustellen. Aber ich konnte nicht in dein Zimmer, das Fenster war nicht offen. Da habe ich mir gedacht, bevor man dich anscheißt, werde ich es auf meine Kappe nehmen und habe meinen Apparat überlaut gestellt. Dadurch ist von deinem nichts mehr zu hören.«

»Das finde ich toll von dir.«

Louis wurde wieder verlegen. »Ist doch klar, Baby, das tu ich doch für dich.«

»Danke dir. Aber jetzt muß ich wirklich gehen. Wiedersehen, Louis.«

»See you.« Er hob die rechte Hand und winkte.

Dana ging zu ihrer Wohnungstür. Seltsam, sie konnte sich wirklich nicht daran erinnern, die Flimmerkiste angelassen zu haben. Bevor sie ihr Apartment verließ, schaute sie stets in allen Räumen noch einmal nach Fernseher, Fenster, Licht, Gas. Es wäre ihr bestimmt aufgefallen, wenn der Apparat gelaufen hätte.

In der Wohnung herrschte die übliche Ruhe. Der Fernseher lief nicht. Dana drückte die Tür mit dem angewinkelten Ellbogen hinter sich zu, lief in die Küche und stellte die schwere Tüte aufatmend ab.

Endlich.

Sie war regelrecht ins Schwitzen gekommen. Mit dem Handrücken wischte sie über ihre Stirn. Louis war ein lieber netter Kerl, aber heute hatte er sie genervt. Seltsam, daß er so sicher gewesen war, daß ihr Fernseher gelaufen hätte.

Bevor Dana die Tüte auspackte, machte sie sich etwas frisch. Im Bad schaute sie in den Spiegel. Andere hatten ihr gesagt, daß sie hübsch wäre. Sie sah ein schmales Gesicht mit lockigen braunen Haaren, die ihren Kopf einrahmten. Vielleicht war der Ausdruck in den Augen ein wenig müde. Die letzten Tage waren hektisch gewesen. Sie benötigte mal wieder ausreichend Schlaf.

In der Küche leerte sie die Tüte. Saft, Gemüse, Brot, Joghurt, Cornflakes und Eier stellte sie auf den Tisch.

Dann faltete sie die Tüte zusammen und warf sie in den Müllschlucker.

Da hörte sie das Geräusch.

Zuerst hatte sie geglaubt, es wäre aus dem Müllschlucker gekommen und fuhr zurück, aber sie irrte sich.

Sie drehte sich um.

Auf der Küchenzeile standen nur die ausgepackten Lebensmittel. Sie konnten das Geräusch nicht verursacht haben.

Oder doch?

Dana glaubte, ihren Augen nicht trauen zu können, als sie die Eier näher betrachtete. Sie befanden sich in einer Halbschale aus Kunststoff.

Und sie vibrierten.

Sie zitterten, als stünden sie auf der Ladefläche eines fahrenden Lastwagens und stießen gegeneinander.

Dana wollte lächeln. Das mißlang, denn sie fragte sich, wie es möglich sein konnte, daß sich die Eier bewegten. Da war nichts in der Nähe. Keine Vibration, auch nicht von außen.

Das war verrückt.

Dana ging vorsichtig näher. Sofort wurde sie wieder an den Fernseher erinnert, der angeblich gelaufen hatte.

Und jetzt tanzten die Eier.

Dana hatte sich so erschreckt, daß sie sich nicht einmal traute, die Eier anzufassen. Sie blieb stehen, schaute gebannt und gleichzeitig entsetzt zu, wie die ersten beiden aus der Schale hüpften, auf den Tisch fielen und zerbrachen.

Sofort breitete sich eine Lache aus Eigelb und Eiweiß aus. Ein Schmier, der sich verteilte, bis an den Rand der Küchenzeile rutschte und auf den Boden tropfte.

Es ging weiter.

Auch die restlichen vier Eier hüpften aus der Schale,

klatschten, zerbrachen, breiteten sich aus und begannen zu kochen oder zu braten, andere Erklärungen hatte Dana für das seltsame Zischen nicht, das entstand. Zudem roch sie auch den typischen Eierbratgeruch.

Aber Eier grunzten nicht!

Dana lief es kalt über den Rücken, als sie das neue Geräusch hörte. Ein widerliches, fettes, abstoßendes Grunzen, das hinter ihr erklang. Das Blut wich aus dem Gesicht des Mädchens, dessen Haut immer bleicher wurde.

Dana drehte sich wie in Trance um.

Sie rechnete damit, hinter sich einen Fremden oder ein Tier zu sehen, aber da war nur der Kühlschrank.

Und doch hörte sie das Grunzen.

Die scheinbar bratenden Eier zischten, als hätte jemand Wasser auf eine glühende Platte geschüttet. Dana wußte überhaupt nicht mehr, woran sie war. Sie fuhr herum, sie sagte Worte, die ihr nicht bewußt waren und merkte auf einmal, daß die Küche heller geworden war.

»Auch das noch!« ächzte sie.

Die Helligkeit drang aus dem Kühlschrank, aus dem auch das widerliche Grunzen gedrungen war. Dana mußte Luft holen, bevor sie sich bewegen konnte. Sie hatte Angst, denn diese verrückten Erscheinungen waren ihr unheimlich. Sie schritt auf Zehenspitzen und mit wild klopfendem Herzen auf den Kühlschrank zu.

»Da ist es drin!« flüsterte sie. »Da muß es sein . . .« Sie hätte sich nach den unheimlichen Vorgängen mit den Eiern nicht gewundert, wenn das Steak plötzlich wieder zu einem Rind geworden wäre.

Das Licht innerhalb des Kühlschranks war so stark und grell, daß es durch die Ritzen schien. Trotz Gummileiste und Magnetverschluß strahlte es nach außen. Das helle, gelbweiße Leuchten hatte sich wie ein Kranz um den Kühlschrank gelegt.

Irgend etwas war damit geschehen.

Wer steckte da im Kühlschrank?

Dana Barrett war keine ängstliche Natur, aber jetzt spürte sie, wie sich ihre Kehle zuschnürte. Sie wußte, daß es lebensgefährlich sein konnte, die Tür des Kühlschranks aufzureißen.

Sie wollte es trotzdem wissen.

Das Zischen und Knistern der langsam vor sich hin bratenden Eier hinter ihr, das schreckliche Grunzen vor ihr, Geräusche, die ihr fremd waren und die sie umklammerten.

Sie umfaßte den Türgriff. Im ersten Augenblick zuckte ihre Hand wieder zurück, weil sie glaubte, sich verbrannt zu haben. Dana mußte sich erst einen Ruck geben, bevor sie die Tür öffnen konnte.

So schnell wie in diesem Augenblick hatte sie den Kühlschrank noch nie geöffnet.

Der Griff wurde ihr fast aus der Hand gerissen. Sie starrte in den Kühlschrank sah das grelle, blendende Licht, das den Innenraum ausfüllte, und entdeckte auch das schreckliche Wesen, das im Zentrum des Kühlschranks hockte.

Ein Monster.

Mehr Maul als Körper. Grunzend, schreiend, widerlich aussehend, eine Ausgeburt der Hölle.

Dana wankte zurück. Den Kühlschrank ließ sie offen. Erst nach zwei Schritten konnte sie schreien . . .

Urplötzlich wurden die Zuschauer aus ihrer Lethargie gerissen. Jeder amerikanische Fernsehzuschauer kannte die lästigen Werbe-Unterbrechungen.

Doch bei den neuen Spots blieben die New Yorker an diesem Abend wach.

Das war etwas Neues, das war völlig anders, einfach super.

Ein Mann erschien. Die Großaufnahme zeigte sein Gesicht. *»Werden Sie durch merkwürdige Geräusche mitten in der Nacht aus dem Schlaf gerissen?«*

Das nächste Gesicht. *»Haben Sie Angst, wenn Sie auf den Dachboden oder in den Keller müssen?«*

Dann erschien Venkman. *»Haben Sie oder Ihre Familienangehörigen je einen Spuk, ein Phantom, ein Gespenst oder auch einen Geist gesehen?«*

Wieder ein Bildwechsel. Stantz' Gesicht tauchte erneut auf. *»Wenn Sie eine dieser Fragen mit einem ›Ja‹ beantworten können, zögern Sie keine Sekunde länger. Nehmen Sie, ja, gerade Sie, Ihren Telefonhörer in die Hand und rufen Sie die Profis an ...«*

Wieder ein Bildwechsel.

Jetzt erschienen alle drei.

»Wir, die Ghostbusters, die Geisterjäger, die Geisterbrecher!«

Alle drei Stimmen schallten zusammen und klangen wie eine. Das Bild blieb sekundenlang, so daß die Zuschauer sich die Gesichter einprägen konnten. Dann redete Ray Stantz weiter. *»Unser Stab ist für Sie da. Rund um die Uhr. Egal, wann Sie uns anrufen. Wir kommen sofort. Wir sind da, um Ihnen zu dienen und befreien Sie von Ihren Spukproblemen. Das ist einmalig, das gab es noch nie. Denken Sie daran und merken Sie sich den Namen.«*

Jetzt sprachen wieder alle drei: »GHOSTBUSTERS!«

Es war eine Werbung, die ins Mark ging. Reklamemüde Menschen wurden hochgeschreckt.

Ghostbuster!

Wer konnte schon Geister bekämpfen oder brechen? Eine Schau? Oder ...?

Auch ein junges Mädchen namens Dana Barrett sah sich diesen Werbespot an ...

Sie hatten gearbeitet und arbeiten lassen. Handwerker hatten das Haus nach ihren Wünschen umgebaut.

Vom Abrißbau zur Villa.

Besser konnte man es nicht ausdrücken. Das große Büro mit Janine, der Sekretärin, die neuen Tapeten, die Elektronik, alles sah nach erfolgreichem Geschäftsgang aus.

Draußen prangte das große Schild. Ein Zeichen.

Das Zeichen überhaupt.

Ein Gespenst, ein kleiner, lustiger weißer Geist, eingekreist von der roten Umrandung eines Halteverbotsschilds.

Ihr Markenzeichen.

Die Markette für die Ghostbusters.

Es war einfach nicht zu übersehen, leuchtete am Tag und auch in der Nacht. Sie waren stolz darauf, es an der Hauswand zu haben, obwohl Venkman zunächst leichte Bedenken gehabt hatte.

»Meint ihr nicht, daß es ein wenig zu komisch wirkt?«

»Überhaupt nicht. Die Leute können es einfach nicht übersehen«, erwiderte Spengler. »Du wirst merken, Peter, bald sind wir in aller Munde.«

»Aber die Leute denken, es ist ein Halteverbotsschild.«

»Streitet euch nicht«, mischte sich Stantz ein. »Ich habe endlich das gefunden, was wir brauchen.«

Spengler und Venkman vergaßen ihren kleinen Disput. »Einen zahlungskräftigen Kunden?«

»Einen Wagen!« rief Ray.

»Und?«

Ray Stantz klatschte in die Hände. »Einfach super,

sage ich euch. Fast ein Edelschlitten. Er muß zwar noch leicht bearbeitet werden, aber sonst ist die Karre top.«

»Wieso bearbeitet?« fragte Venkman mißtrauisch.

»Der Lack hat ein bißchen gelitten, aber das überpinseln wir. Was mit dem Getriebe ist, müssen wir uns mal genau anschauen, es knarrt manchmal. Die Hinterachse . . .«

»Wieviel soll die Schaukel kosten?« Venkman dachte mehr praktisch.

»Nur 4800. Vielleicht muß der Auspuff noch eingebaut werden. Ich meine ein neuer. Und die Elektrik natürlich . . .«

»Ja, ja, schon gut.« Venkman winkte ab. Er wollte nichts mehr hören. Auf die 4800 Dollar kam es jetzt auch nicht an, nach allem, was sie bisher investiert hatten.

Sie gingen ins Büro.

Das Entree hatte sich völlig verändert. Die neuen Tapeten, der große Schreibtisch mit den Telefonen, hinter dem Janine, die Sekretärin, saß und sich langweilte.

Janine war nicht mehr sehr jung. Aber zuverlässig, wie Venkman behauptet hatte. Schließlich hatte er als Psychologe den besten Blick. Sie schaute ihre drei Chefs an, die vor ihrem Schreibtisch stehenblieben.

Venkman beugte sich vor. »Irgendwelche Anrufe, Janine?«

»Nein.«

»Vielleicht neue Nachrichten?«

»Auch nicht.«

»Sind Kunden gekommen?«

Janine zog die Lippen in die Breite. »Nein, Dr. Venkman.«

»Mist!« Venkman schüttelte den Kopf. Seine beiden Partner hoben nur die Schultern.

Venkman schaute wieder auf die Sekretärin. »Ist ein guter Job, nicht wahr?«

»Es geht.«

»Tippen Sie doch irgendwas. Wir bezahlen Sie schließlich.«

»Was soll ich den schreiben?« fragte Janine ratlos.

Venkman regte sich auf. »Verdammt, Janine, starren Sie mich nicht so an mit Ihren Glubschaugen!« Er schüttelte den Kopf und entschuldigte sich im nächsten Augenblick. »Verzeihen Sie. Das wollte ich nicht sagen. Aber wir sind alle ein bißchen nervös.«

»Natürlich.« Janine lächelte. »Sie sollten sich entspannen, Dr. Venkman. Haben Sie kein Hobby? Ich zum Beispiel lese sehr viel«, erklärte Janine. »Es gibt Leute, die halten mich sogar für intellektuell, weil das Lesen von Büchern ja angeblich bilden soll. Außerdem ist es für mich eine fabelhafte Art, die Freizeit zu verbringen. Zudem spiele ich noch Rakettball.«

Spengler meldete sich. »Ich interessiere mich für Biologie und sammle Sporen. Sie wissen schon, Schimmel und Pilze.«

»Das ist interessant«, sagte Janine ohne Überzeugung.

»Ja, aber es braucht Zeit.«

»Die hast du ja jetzt«, sagte Venkman bissig. »Sogar mehr, als dir lieb sein kann.«

»Wir werden noch andere Tage erleben, das kann ich euch flüstern«, erwiderte Spengler. »Ich bin nicht so pessimistisch wie ihr. Die Sache läuft erst langsam an, aber dann, wißt ihr, dann schlagen wir richtig zu. Und wenn wir erst den Wagen haben, kennt uns in New York bald jedes Kind. Darauf könnt ihr euch verlassen.«

»Wie schön, daß man noch Träume hat«, erwiderte Venkman und hob den Kopf. Er hatte gesehen, daß jemand das Büro betreten hatte. Es war eine Frau, eine junge Frau, die sehr verlegen und schüchtern näher kam.

»Hallo«, sagte sie.

Venkman trat vor. »Ja bitte?«

Noch immer lächelte die Besucherin scheu und strich ihr braunes Haar zurück. »Bin ich hier im Büro der Ghostbusters?«

»So ist es«, meldete sich Janine. Sie erinnerte sich wieder an die Pflichten als Sekretärin und Empfangsdame. »Kann ich Ihnen helfen?«

Die Besucherin blieb am Schreibtisch stehen. »Ich habe aber keinen Termin. Wäre es dennoch möglich, daß ich mit jemandem sprechen kann?«

Janine wollte eine Antwort geben, sah aber gerade noch, daß Venkman den rechten Arm hob und hielt den Mund. »Ich bin Peter Venkman, Miß, was kann ich für Sie tun?«

Dana drehte sich um. Sie lächelte wieder. Diesmal noch verlegener als bei ihrem Eintritt. »Also . . . ich . . . ich weiß nicht, wie ich anfangen soll. Alles klingt so ungewöhnlich. Meine ganze Geschichte. Das sind Dinge, die ich kaum . . .«

Peter half ihr über die Verlegenheit hinweg. Die beiden anderen verhielten sich ruhig. »Wissen Sie, wir werden hier täglich mit den ungewöhnlichsten Dingen konfrontiert. Daran sind wir gewöhnt.« Er machte eine einladende Geste. »Am besten wird es sein, wenn Sie mit in mein Büro kommen, Miß . . .«

»Barrett. Dana Barrett.«

»Okay, Dana, gehen wir.« Er winkte den beiden Partnern. Sie schlossen sich Peter und dem Mädchen an.

Janine kniff ein Auge zu. Gleichzeitig hob sie Zeige- und Mittelfinger der rechten Hand und deutete das Siegeszeichen an.

Als die beiden das Büro betraten, hatte Venkman seiner Besucherin einen Sitzplatz angeboten. Sie hockte da, hatte die Knie seitlich gegeneinandergelegt und schien nicht so recht zu wissen, wie sie beginnen sollte.

Peter gab sich locker. »Tun Sie sich keinen Zwang an, Dana. Reden Sie frei von der Leber weg. Wir haben für alles Verständnis. Und mag Ihr Problem noch so unwahrscheinlich sein.«

»Das ist es in der Tat.«

»Dann bitte.«

Dana strich eine Haarsträhne aus dem Gesicht und setzte sich aufrecht hin. »Es war eigentlich so. Ich kam vom Einkaufen zurück und traf Louis. Er ist ein Flurnachbar . . .«

Das Mädchen berichtete, während die drei Geisterjäger aufmerksam zuhörten. In ihrem Gesichtern rührte sich nichts.

Zum Schluß sagte Dana: »Als ich den Kühlschrank öffnete, das Monster sah, und diese Stimme plötzlich noch *Zuul* sagte, habe ich geschrien wie eine Verrückte. Erst Sekunden später wurde mir bewußt, daß ich auf dem Boden lag. Ich rappelte mich auf und habe die Tür zum Kühlschrank einfach zugeknallt.«

»Wann war das?«

»Vor zwei Tagen, Mr. Venkman. Ich bin seitdem nicht mehr in meiner Wohnung gewesen. Bei einer Freundin habe ich zufällig Ihre Werbung im Fernsehen gesehen . . . ja, und jetzt sitze ich hier.«

»Das ist auch gut so«, meinte Stantz.

Peter spielte mit einem Bleistift. »Nun«, meinte er, »im allgemeinen sieht man ein solches Gespenst nicht in größeren Haushaltsgeräten.«

Dana hatte erst lachen wollen, dann erkannte sie, daß der Mann vor ihr keinen Spaß gemacht hatte. »Was meinen Sie denn, Dana, was es gewesen sein könnte?«

»Das weiß ich doch nicht«, gab sie erstaunt zurück. »Deshalb bin ich ja zu Ihnen gekommen.«

»Stimmt auch wieder.« Venkman nickte und wandte sich an Spengler. »Egon, was meinst du dazu?«

»Sie sagt die Wahrheit«, erklärte der Physiker. »Zumindest glaube ich, daß sie das tut.«

Dana fuhr auf ihrem Stuhl herum. »Selbstverständlich sage ich die Wahrheit. Wer würde sich denn schon eine solche Geschichte ausdenken?«

»Sagen Sie das nicht«, mischte sich Peter ein. »Ich kenne Leute, die erzählen so etwas, um sich interessant zu machen. Andere kommen einfach von der Straße herein, man kann sie als Irre bezeichnen, und denken sich Gruselstories aus.«

Ray Stantz hatte intensiv nachgedacht und meinte jetzt, da er glaubte, zu einem Entschluß gekommen zu sein: »Wißt ihr, was es sein könnte?«

»Nein!«

»Ich will es mal wissenschaftlich ausdrücken. Das war die vergangene Lebens-Erfahrung, die in die Gegenwart eingedrungen ist. Es könnte eine Rassen-Erinnerung sein, gespeichert im kollektiven Unterbewußtsein. Ich würde auch Hellsehen oder einen telepathischen Kontakt nicht ganz ausschließen.«

»Daran glaube ich nicht«, erklärte Dana. »Außerdem habe ich nichts von Ihrer Antwort begriffen.«

Venkman winkte ab. »Macht nichts. Ich habe das auch nicht verstanden. Aber es gibt ein paar Standarddinge, wo wir ansetzen, die oftmals zu Reslutaten führen. Deshalb auch die Fragen und Vermutungen.«

»Da wäre noch etwas«, meldete sich Ray. »Ich könnte zum Grundbuchamt gehen und mir die baulichen Details des Hauses geben lassen. Die würde ich dann überprüfen. Vielleicht hat das Haus selbst eine Vergangenheit psychischer Turbulenzen.«

»Die Idee ist gut«, sagte Venkman.

Spengler hatte ebenfalls eine Idee. »Dann gibt es noch die Möglichkeit der Literatur. Ich könnte nachschlagen, ob irgend etwas über den Begriff *Zuul* geschrieben worden ist.«

»Im Spates-Katalog«, meinte Stantz.

»Oder auch in Tobin's Geisterführer.«

Ray nickte. »Genau.«

»Und ich habe ebenfalls einen Plan«, erklärte Venkman. »Ich kümmere mich um unsere Klientin und bringe sie zurück in ihre Wohnung. Dort kann ich sie untersuchen.« Er lachte, weil ihm sein zweideutiger Satz bewußt wurde. »Die Wohnung, meine ich natürlich.«

O ja, das wäre gut, Mr. Venkman.«

Peter Venkman stand auf. »Okay, Partner, dann wollen wir mal unseren ersten heißen Fall in Angriff nehmen . . .«

Peter Venkman hatte sich das Haus angesehen, so weit es ihm zeitlich möglich gewesen war. Ein riesiger alter Kasten mit zahlreichen Stockwerken. Zum Dach hin verjüngte sich der Bau ein wenig, und die kaum zählbaren Fenster erinnerten ihn an viereckige Augen, die mal stumpf wirkten oder glänzten, je nachdem, wie das Sonnenlicht auf die Scheiben fiel.

Sie fuhren mit dem Lift hoch.

Danas Gesicht war immer blasser geworden. Sie hatte auch kaum geredet und ständig auf ihre Schuhspitzen geschaut. Jetzt stand sie vor ihrer Wohnungstür und hielt den Schlüssel in ihren zitternden Händen.

»Machen Sie sich keine Sorgen, ich bin bei Ihnen.«

»Dennoch habe ich Angst.«

Venkman winkte ab. »Diese Gespenster sehen oft schlimmer aus, als sie tatsächlich sind. Man muß sie nur richtig anpacken.«

»Und das können Sie?«

»Sie werden es erleben.«

»Na ja, ich weiß nicht so recht.« Dana schluckte und schob den Schlüssel vorsichtig in das Schloß. Sie wollte die Tür nach innen drücken, als sie Venkmans Hand an ihrem Ellbogen spürte. »Nicht doch, Dana. Bitte, lassen Sie mich vorgehen. Falls wirklich etwas passiert, soll es mich zuerst treffen.«

»Wenn Sie wollen.« Dana ging erleichtert einen Schritt zurück, damit Venkman Platz hatte.

Er war bestens ausgerüstet. Sein Geisterspür-Gerät trug er bei sich. Die kleine Antenne blitzte, wenn sie sich bewegte.

Vorsichtig betrat Peter Venkman die Wohnung. In der Diele herrschte ein Halbdunkel vor. Außerdem roch es muffig. Klar, wenn die Bude tagelang nicht gelüftet worden war.

Der Teppich dämpfte die Schritte des Mannes, als er über die Schwelle trat, in der Flur hineinging und sich dort umschaute.

Dana war auf der Schwelle stehengeblieben. »Rechts ist der Wohnraum, links die Küche.«

»Aha.«

Venkman entschied sich für den Wohnraum. Er betrat ihn ebenso vorsichtig wie den Flur.

Mittlerweile hatte auch Dana Barrett ihren ganzen Mut zusammengenommen und folgte ihrem Beschützer. Venkman bewegte sich behutsam wie ein nächtlicher Einbrecher und strich mit seinem Geisterspür-Gerät an einem der Schränke entlang.

»Was machen Sie denn da?« fragte Dana.

»Ha, ich spüre sie auf. Ich ärgere sie. Ich quäle sie gern. Das hassen sie.« Er bewegte das Suchgerät an der Schrankvorderseite entlang. »Hört zu, Jungs, ich bin da. Ich bin Dr. Venkman, der Ghostbuster. Ihr werdet euch wundern. Es hat keinen Sinn, wenn ihr euch versteckt. Ich kriege jeden, den ich will . . .«

Peter bekam weder eine Antwort, noch erlebte er eine andere Reaktion. Er hob die Schultern, zog ein trübes Gesicht, drehte sich um und schaute auf Dana.

»War wohl nichts, was?« fragte Dana.

»Sehr richtig.«

Sie schob die Hände in die Taschen ihrer dreiviertellangen Jacke. Mit schaukelnden Schritten betrat sie den Raum. »Nur nicht aufgeben. Wer weiß, wo sich das Monster sonst noch versteckt haben kann.«

Venkman wechselte das Thema. »Wohnen Sie allein hier?«

»Ja.«

»Da haben Sie sehr viel Platz.«

»Kann man wohl sagen.«

Venkman löste sich von der Stelle. »Jetzt werde ich mir die anderen Räume anschauen.« Er glitt an Dana vorbei und öffnete eine weitere Tür. Damit stand er im Schlafzimmer.

»Ja, das ist mein Schlafraum!« kommentierte Dana. »Aber da ist nie etwas passiert.« Jetzt war sie es, die einen Satz doppeldeutig ausgesprochen hatte.

Das merkte auch Venkman, deutete grinsend auf das Bett und sagte: »Oh, wie schade.«

Dana stemmte die Hände in die Hüften. »Hören Sie, Dr. Venkman, Sie benehmen sich nicht gerade wie ein Wissenschaftler.«

»Die sind gewöhnlich ziemlich steif.«

»Meine ich auch. Sie erinnern mich . . .«

»An was denn?«

»Eher an einen Showmaster im Fernsehen.«

»Als Geisterjäger muß man beides sein. Ist eine hervorragende Mischung, sage ich Ihnen. Schließlich müssen wir uns verkaufen, das geht nun mal nicht so normal, wenn Sie verstehen.« Er war bei den letzten Worten auf Dana zugekommen. »Im Schlafzimmer ist also nichts. Okay, gehen wir in die Küche.«

»Da wollte ich schon viel früher hin. Schließlich ist es da ja auch passiert.«

»Ich nehme meine Aufgabe eben ernst und untersuche alles«, erwiderte Venkman. Er drückte die Tür auf, ging zwei Schritte nach vorn und schaute sich in dem viereckigen Raum um.

Dana war ihm wieder gefolgt. Sie sah den Blick des Mannes zur Küchenzeile. Die Reste der zerschlagenen Eier lagen da und auf dem Boden, natürlich eingetrocknet. Einige Eier sahen wie gebraten aus.

»Hier ist also die Küche«, stellte Venkman fest und nickte sich selbst zu.

»Toll, wie logisch Sie denken.« Dana hatte sich neben der Tür an die Wand gelehnt. Man sah ihr an, daß ihr Vertrauen in den Ghostbuster schwand.

Venkman ließ sich nicht beirren. »Und das sind die berühmten Eier.«

»Genau.« Jetzt nickte sie. »Ich will es Ihnen noch einmal erklären, Peter. Ich packte die Tüte aus, stellte alles auf die Küchenzeile, drehte mich um und hörte, wie die Eier aneinanderschlugen. Als ich wieder hinschaute, zerbrachen die ersten bereits.«

Venkman stand da und schüttelte den Kopf. »Das ist unheimlich«, flüsterte er. »Nein, das ist schon irre.«

»Soll ich weitererzählen?«

»Klar, machen Sie.«

»Ich . . . ich konzentrierte mich noch auf die Eier, da hörte ich das Geräusch. Zuerst wußte ich nicht, woher es gekommen war, drehte mich um und stellte fest, daß es . . . ach verdammt, Venkman, wollen Sie sich den Kühlschrank nicht wenigstens mal anschauen?«

»Klar. Guter Vorschlag.«

Dana seufzte und verdrehte die Augen. Sie hatte mittlerweile das Gefühl, an einen Betrüger oder Verrückten geraten zu sein. Dieser Kerl wollte Geister jagen! Das war einfach lächerlich. Der war ja superirre und gehörte vielleicht in die Klapsmühle.

Venkman hatte sich vor dem Kühlschrank aufgebaut. Vorsichtig zog er die Tür auf. Es war so still geworden, daß Dana das schmatzende Geräusch vernahm, als sich die Tür vom Innengummi löste. Sie schwang auf und gab den Blick frei.

»Oh«, sagte Venkman nur, als er in einen völlig normalen Kühlschrank schaute und keinen Geist entdekken konnte.

»Was haben Sie?«

»Oh, mein Gott!« rief Venkman aus. »Essen Sie dieses Mistzeug tatsächlich? Das sind Fertiggerichte. Qualitativ mies. Zuviel Fett, auch Kohlehydrate in Mengen. Unmöglich.«

Dana verlor fast die Nerven. »O verdammt, das darf doch nicht . . .« Sie schüttelte den Kopf.

»Und Sie essen das wirklich?«

Jetzt drehte Dana durch. »Ja, ja, ja! Das esse ich. Aber darauf kommt es doch gar nicht an, oder? Ich meine, es geht um dieses Monster . . .« Sie hielt inne. »Übrigens – vorgestern war der Kühlschrank leer. Ich habe die Sachen nicht reingelegt.«

»Ach? Wieso?«

»Das weiß ich doch nicht!«

»Dann essen Sie sonst etwas anderes?«

Dana raufte sich die Haare. »Wollen Sie mich nicht verstehen?« brüllte sie. »Nichts war in dem verfluchten Kühlschrank! Nur dieses Monstrum, das aus den Flammen kam, aus dem Licht. Rauch, Feuer sah ich, alles im Kühlschrank . . .«

Sie hörte auf zu sprechen, weil Venkman schnüffelnd seine Nase bewegte. »Reden Sie doch weiter«, sagte er.

Sie hob die Hände. »Klar, ich erzähle und tue alles, was Sie verlangen. Sie sind ja der große Chef, der Wissenschaftler.« Dana lachte glucksend. »Ich kann es nicht glauben.«

»In den Flammen sah ich seltsame Kreaturen. Sie ringelten sich herum, sie zischten und waren böse, und ich hörte, wie diese verdammte Stimme das Wort *Zuul* sagte. Es war hier!«

Venkmann hob die Schultern. Er hatte mit seinem Spürgerät den Kühlschrank abgetastet. »Tut mir unendlich leid, aber ich habe keinen Kontakt erhalten. Es schlägt nicht aus.«

Dana hatte sich wieder beruhigt. »Sie sind neu im Geschäft, Mister. Vielleicht benutzen Sie das Gerät gar nicht richtig. Haben Sie die Gebrauchsanweisung durchgelesen?«

»Doch, ich schaffe es schon, ehrlich. Ich kenne mich da aus. Und jetzt bin ich sicher, daß innerhalb des Kühlschranks keine Gespenster gewesen sind.«

Dana atmete tief aus.

»Fabelhaft«, murmelte sie. »Das ist einfach fabelhaft. Entweder habe ich ein Monster in meiner Küche gehabt, oder ich bin total verrückt.«

Venkman schüttelte den Kopf. »Keine Sorge, Baby, ich glaube nicht, daß Sie verrückt sind.«

»Wie freundlich von Ihnen. Jetzt geht es mir schon wieder viel, viel besser.«

»Das ist toll.« Venkman entspannte sich und schaute Dana Barrett an. »Wissen Sie, Dana, ich bin Psychologe.«

»Kann ich auch nichts dran ändern.«

»Nehmen Sie das nicht auf die leichte Schulter. Ich möchte Ihnen von mir selbst erzählen. Gewissermaßen ein Gleichnis.«

»Wenn Sie darauf bestehen – bitte.«

»Also. Ich komme von der Arbeit nach Hause in meine Wohnung. Alles, was ich habe, ist meine Arbeit und nichts als meine Arbeit. Es gibt überhaupt nichts anderes in meinem Leben . . .«

»Dr. Venkman . . .«

»Lassen Sie mich weiterreden. Ich komme also nach Hause und begegne Ihnen. Dabei stelle ich fest, daß da jemand existiert, der die gleichen Probleme hat wie ich.«

Dana nickte. »Ja, wir haben wohl beide das gleiche Problem.«

Venkman streckte seinen Arm aus und rollte mit den Augen. »Ich treffe Sie und bin wahnsinnig in Sie verknallt.«

Dana zuckte zurück. »Was soll der Quatsch?« Sie war ärgerlich. »Würden Sie jetzt bitte gehen?«

Peter Venkman ließ sich nicht aufhalten. Er tat so, als hätte er ihre Aufforderung nicht gehört. »Und dann hat sie mich einfach aus ihrem Leben hinausgeworfen.«

Dana schüttelte den Kopf. Sie wußte nicht, wo sie diesen komischen Wissenschaftler hinstecken sollte. War er ein gefährlicher Irrer oder ein harmloser Spinner? Sie wollte ihn mit ihrer Antwort nicht beleidigen und sagte nur: »Sie sind sehr ungewöhnlich, Dr. Venkman.«

Plötzlich veränderte sich sein Gesicht. Seine Züge wurden starr. »Ha, jetzt habe ich es.«

»Sagen Sie bloß.«

»Ja, ich habe es!« rief er.

»Nein, nein, nein – nicht schon wieder!«

»Doch Dana.« Er schaute sie starr an. »Ich werde mich Ihnen beweisen. Verstehen Sie?«

»Das ist aber nicht nötig.«

»Bestimmt. Ich werde Ihr kleines Problem lösen. Für mich ist es wirklich klein.«

»Okay, dann tun Sie es.«

»Ja, und danach werden Sie sagen: Peter Venkman ist der Größte. Er ist der Mann, der alle Probleme löst.«

»Gut ich bin einverstanden.«

»Das habe ich vorausgesetzt.« Peter Venkman atmete tief ein und schaute sich um. »Ich knacke das Problem. Ist eine meiner leichtesten Übungen, kann ich Ihnen sagen.«

»Werden Sie jetzt gehen?«

»Soll ich?«

»Es wäre mir sogar recht.«

Peter lachte leise. »Ich wette, Sie fragen sich jetzt schon, was mich zum Ticken bringt. Sie denken bestimmt, der ist nicht richtig im Kopf, nicht wahr?«

»Vielleicht.«

»Und wenn ich verschwunden bin, fangen Sie damit an, richtig über mich nachzudenken.«

»Möglich.«

»Ich wette darauf.«

»Die Wette könnten Sie gewinnen.«

Peter wandte sich zur Tür. »Na ja, mal sehen, was ich machen kann.« Plötzlich blieb er stehen. »Kriege ich keinen Kuß?«

Vor Überraschung trat Dana einen Schritt zurück. »Was haben Sie da gesagt? Höre ich richtig?«

»Ja, einen Kuß!«

»Sie sind wohl völlig von der Rolle.«

Er hob die Schultern. »Ich meine, weil Sie mein erster Kunde sind. Der Kuß wäre eine kleine Belohnung oder ein Vorschuß auf mein Erfolgshonorar.«

»Gehen Sie, Dr. Venkman.«

»Schade.«

Als Peter Venkman im Hauptquartier der Ghostbusters eintraf, fand er seine beiden Partner in den oberen Räumen. Sie saßen da und starrten ihn wißbegierig an. Peter berichtete.

»Oh, Mist«, sagte Spengler, »da hast du dich ja blamiert.«

»Ich tat mein Bestes.«

»Und nicht einmal einen Kuß hat sie dir gegeben.«

»Ja, das sehe ich auch als Niederlage. Sie wollte nicht. Ich bin abgeblitzt.«

»Wird wohl der erste und einzige Kunde bleiben«, meinte Ray Stantz.

»Sei doch nicht so pessimistisch. War immerhin ein Anfang. Und die Eier habe ich auch gesehen.«

»Nur eben das Monster nicht«, sagte Spengler.

»Das kommt auch noch.«

»Übrigens, Peter, der Wagen ist fertig.«

»Tatsächlich?«

Stantz nickte. »Und wie. Ist 'ne richtige Schau geworden. Die Leute haben voll reingehauen.«

»Finde ich irre.« Peter schüttelte den Kopf. Er war noch immer mit seinen Gedanken bei Dana. »Eigentlich sollte ich sie mal zum Dinner einladen, was meint ihr?«

»Wen einladen?«

»Dana.«

»Wozu?«

»Wir wollen sie schließlich nicht verlieren. Man muß sich um die Kunden kümmern. Sie ist unser einziger Klient.«

»Wenn du meinst.« Stantz schien nicht sehr begeistert zu sein.

»Nur bin ich im Augenblick ein bißchen knapp«, sagte Venkman. »Ich überlege ob ich zur Bank gehe oder die Spesenkasse ein wenig erleichtere.«

»Das kann ich mir vorstellen«, rief Ray. »Ich kenne dich. Du wirst eine Orgie feiern, eine Gelage, und unser letztes Geld verprassen.«

»Nein, nein, so schlimm wird es nicht. Zudem muß ich sie noch etwas fragen. Das kann man in einem eleganten Restaurant besser als in dieser nüchternen Büroatmosphäre. Ich bin schließlich Psychologe.«

»Um das zu wissen, brauche ich kein Seelenklempner zu sein«, erklärte Spengler.

Stantz nickte dazu.

»Ach, ihr gönnt mir nichts«, klagte Venkman.

Unten schrillte das Telefon. Sie hörten es, weil sich in der Decke ein Loch befand, durch das auch die Stange in das Erdgeschoß führte. Es war sozusagen ihre Einsatzleiter.

Janine hatte abgehoben. »Ja, hier ist die Ghostbuster-AG«, sagte sie. »Guten Tag.«

»Hören Sie«, quäkte es aus dem Hörer. »Ist das Geschäft ernsthaft, das Sie betreiben?«

»Natürlich sind wir ernsthaft. Was dachten Sie denn, Mister?«

»War nur eine Frage. Wir haben da nämlich ein Problem. Ich meine, in unserem Hotel, da . . . stimmt etwas nicht. Da spukt es, nehme ich an.«

»Reden Sie nicht so lange um den heißen Brei, Mister. Jede Sekunde ist kostbar. Geben Sie mir die Adresse.«

»Ja, gut.«

Janine schrieb eifrig mit. Sie hatte vor Aufregung einen roten Kopf bekommen.

»Haben Sie alles verstanden?« fragte der Klient.

»Klar.«

»Da ist noch etwas. Ich möchte, daß die Sache sehr diskret behandelt wird. Wir haben einen Ruf zu verlieren. Ein Hotel, in dem es spukt, das paßt nach Schottland, aber nicht zu uns. Sie verstehen.«

»Natürlich, Mister. Wir sind für unsere Diskretion bekannt. Machen Sie sich keine Sorgen. Wir lösen das Problem.« Mit diesen Worten legte Janine den Hörer wieder auf.

Für die Länge zweier Herzschläge blieb sie still sitzen. Dan öffnete sie den Mund. Der Jubelschrei drang durch das gesamte Haus und wurde auch von den Geisterjägern gehört.

»Jaaaa! Wir haben einen! Jaaa, wir haben einen . . .«

Die drei Männer waren wie elektrisiert. »Mensch!« flüsterte Stantz, »das ist ein Ruf, ein Job, Freunde!«

Sie sprangen von ihren Stühlen. Blitzschnell schlüpften sie in ihre »Kampfanzüge«, schnallten sich die Geräte um und schauten sich an. Ihre Kampfanzüge, die sie sich besorgt hatten, bestanden aus grünem Drillichstoff und besaßen zahlreiche Taschen. Sie waren nahezu für jeden Einsatz ideal.

»Ghostbusters... Ghostbusters... Ghostbusters...«

Einer stimmte den Gesang an. Es war ein hektischer, leicht zu merkender Rhythmus, den die drei aus vollen Kehlen schrien. Sie wußten, daß ihnen ein irres Erfolgserlebnis bevorstand und peitschten sich mit dem Gesang in die richtige Stimmung.

Stantz war der erste, der abhob. Mit einem Hechtsprung und einem Jubelschrei auf den Lippen erreichte er die Stange, umklammerte sie wie ein routinierter Feuerwehrmann und verschwand vor den Augen der anderen beiden nach unten.

Spengler folgte, Venkman machte den Schluß.

Unten wartete Ray und sang wieder von den Ghostbusters. Janine drückte Venkman aufgeregt die Adresse des Hotels in die Hand und feuerte die drei Geisterjäger an, endlich zu siegen.

Wie der Wirbelwind jagten die Ghostbusters nach draußen.

Und dort stand der Wagen.

Eine irre Kiste.

»Affengeil«, murmelte Peter Venkman beeindruckt.

Fast hätte man den Wagen als ein Polizeiauto bezeichnen können, denn auf dem Dach befanden sich zahlreiche Lampen, die Licht in mehreren Farben abgaben. Auf den Türen des Caravans klebten »ihre« Schilder, ihr Zeichen, das bald so berühmt werden sollte. Das kleine, weiße Gespenst in dem rot umrandeten Halteverbotskreis.

Ray Stantz riß die Tür auf und warf sich auf den Fahrersitz. In seinen Augen leuchtete der entschlossene Wille zur erfolgreichen Geisterjagd.

Venkman fiel neben ihn, Spengler kroch nach hinten.

Stantz ließ den Motor an. »Jaaiiii . . .!« brüllte er los, kuppelte, drückte den ersten Gang ins Getriebe und gab Gas.

Die anderen beiden sangen. Die Scheiben waren heruntergedreht und ihr Ghostbusters-Gesang übertönte sogar das Jammern der Pneus auf glattem Asphalt . . .

Auf dem Dach des Wagens drehten sich die Lampen, die eingeschalteten Scheinwerfer blitzen, und der heiße Sound einer Rockscheibe wehte aus den offenen Fenstern – so stießen die Ghostbusters in das Zentrum vor, rasten sie durch die Häuserschluchten Manhattans.

Schon sahen sie die hohe Fassade des Hotels. Es war einer dieser Touristenkästen, wo viele Besucher aus Übersee untergebracht wurden. Nicht so ein neuer Beton- und Glas-Klotz wie die Hotels der großen Konzerne, diese alten Kästen atmeten noch den Flair der Gründerzeit.

Sie fanden keinen Parkplatz und stellten den Wagen kurzerhand schräg vor den überdachten Eingang. Dann stiegen sie aus.

Sie wußten, was sie sich und der Hotel-Direktion schuldig waren, deshalb bewegten sie sich mit gemessenen Schritten auf die große Glastür zu.

Und trotzdem fielen sie auf.

Wie Söldner wirkten sie in ihren Kampfanzügen und den seltsamen Geräten auf den Rücken.

Ihre Gesichter waren hart, strahlten Entschlossenheit aus. Die Augen in ständiger Bewegung. Sie wußten genau, was sie ihrem Image schuldig waren.

Die Ghostbusters kamen.

Sie standen im Foyer. Jetzt wurde man richtig aufmerksam. Köpfe wandten sich ihnen zu, Stimmen tuschelten und flüsterten, zwei Frauen begannen zu lachen, eine andere fand die drei jungen Männer sogar »irre sexy«.

Peter Venkman war einen Schritt vorgegangen. Ray und Egon rahmten ihn ein und blieben auch stehen, als Peter seinen Schritt stoppte. »He, hat einer von Ihnen ein Gespenst oder einen Geist gesehen?« rief er in die Halle hinein.

Nicht nur die dort versammelten Gäste und das Personal an der Rezeption hatte den Ruf vernommen, auch der Manager des Hotels. Händeringend kam er angelaufen.

Sein Gesicht erinnerte an gelöschten Kalk. Die dunklen Haare schienen mit Öl auf seinem Schädel angeklebt zu sein.

»Danke, danke, daß Sie so schnell gekommen sind«, rief er zur Begrüßung. »Wirklich außergewöhnlich.«

Venkman lachte. »Himmel, was ist denn los?«

Wieder rang der Mann die Hände. »Es ist furchtbar. Die Gäste fangen schon an, Fragen zu stellen.«

»Dann sagen Sie ihnen etwas«, meinte Stantz.

»Mir fallen keine Ausreden mehr ein.«

»Ja«, grinste Peter. »Er hat mehr Ausfälle als Einfälle. Wo liegt denn das Problem? Ist es schon öfter vorgekommen?«

Der Manager tupfte sich den Schweiß von der Stirn und nickte dabei. »Unser älteres Stammpersonal weiß über den zwölften Stock Bescheid.«

»Aha. Und was gibt es dort?«

»Die Störungen, meine ich.«

»Welche Störungen?«

Der Manager ließ sein Tuch verschwinden. Er blickte von Venkman zu den anderen. »Jahrelang ist es ruhig gewesen, glauben Sie mir.«

»Und jetzt?«

Der Manager stöhnte. »So schlimm wie jetzt ist es noch nie gewesen. Ich werde noch verrückt.«

»Wann fing es denn an?« hakte Venkman nach.

»Vor ungefähr zwei Wochen.«

»Haben Sie diesen Spuk irgendwo gemeldet?« fragte Venkman.

»Um Gottes willen – nein.«

Venkman war überrascht. »Nein?«

»Das kann ich mir überhaupt nicht leisten. Mir gehört das Hotel nicht. Ich bin der Manager. Die Eigentümer wissen Bescheid, aber sie wünschen auf keinen Fall, daß ich darüber nur ein Wort verlauten lasse.«

Venkman hob die Schultern. »Wenn das so ist . . .«

Der Manager rang die Hände. »Wissen Sie, ich dachte mir, daß, wenn ich Sie anrufe, Sie das Problem erledigen können. Und auch möglichst unauffällig.« Er lächelte etwas bissig. »Aber wenn ich mir Sie so anschaue in Ihren, wie soll ich sagen . . .«

»Kampfanzügen«, sagte Spengler.

»So ähnlich.«

»Das ist unsere Berufskleidung«, erklärte Venkman. »Um auf Ihr Problem zurückzukommen, es ist für uns eine Kleinigkeit. Wir erledigen so etwas praktisch jeden Tag. Sie brauchen sich bestimmt keine Sorgen zu machen. Und diskret sind wir auch.«

Stantz stand ihm bei. »Genauso ist es, Sir. Ihr großes Problem ist für uns eine Kleinigkeit.«

Der Manager quälte sich ein Lächeln ab. »Wenn Sie das wirklich so sehen, bin ich beruhigt.«

Ihre Unterhaltung wurde gestört. Ein Gast kam. Der Mann grinste überheblich, hatte die Nase gerümpft und schaute die drei Partner von oben bis unten an. »Was stellen Sie eigentlich hier vor? Irgendeine Art von Kosmonaut oder Testflieger?«

Venkman schüttelte den Kopf. »Sagen Sie es auch keinem weiter?«

»Ich bin schweigsam.«

»Wir sind die unheimlichen Vertilger, Mister. Jemand hat im zwölften Stock eine gewaltige Kakerlake gesehen. Sie wissen ja, die Tierchen sind neuerdings überall.«

Der Gast lachte fettig. »Muß ja eine tolle Kakerlake sein, wenn Sie mit großer Mannschaft anrücken.«

»Die würde Ihnen glatt den Schädel von den Schultern reißen!«

»Dann schicke ich lieber meine Alte.«

Stantz fragte: »Fahren Sie jetzt mit dem Lift hoch?«

»Nein, ich nehme den nächsten.«

»Wie schön für Sie. Und denken Sie daran auch Kakerlaken sind Menschen.«

Die drei Freunde lachten den Gast fröhlich an und gingen zum Lift. Aus der Kabine warfen sie einen letzten Blick auf den Manager, der noch bleicher geworden war.

Hinter ihnen schloß sich die Lifttür. Alle drei lehnten an der Wand. Ihre Mienen hatten sich wieder entspannt. Sie gaben sich sehr lässig. Stantz begann zu sprechen. »Wißt ihr, was mir gerade in den Sinn gekommen ist?«

»Nein.«

»Daß wir noch gar keinen erfolgreichen Test unserer neu entwickelten Geisterjagd-Geräte hinter uns gebracht haben.«

Spengler nickte heftig. »Das macht mir auch Kopfzerbrechen. Schließlich habe ich sie mit ausgetüftelt.«

Der Lift hielt. Die drei Geisterjäger drückten die Tür auf und befanden sich in einem langen Gang.

»Zwölftes Stockwerk«, murmelte Spengler, »hier also ist es.«

Ray Stantz nahm den Gesprächsfaden von vorhin wieder auf. »Ich meine, es ist sinnlos, sich deswegen Sorgen zu machen.«

»Finde ich auch«, sagte Venkman. »Denkt an unsere Aufgabe, es ist wichtig genug. Mit Kleinigkeiten können wir uns da nicht abgeben.« Er räusperte sich. »Jeder von uns trägt einen nichtlizensierten Nuklearbeschleuniger auf seinem Rücken. So heißt das Gerät im Fachjargon.«

»Und wir sollten es auch nutzen«, erklärte Stantz. »Los, Peter, schalte mich ein.«

Sie aktivierten sich gegenseitig, schauten sich an, nickten und standen plötzlich steif.

Jeder hatte das helle Summen gehört. Es kam vom Ende des Ganges.

»Ist das der Geist?« flüsterte Spengler. Er ging schon in Angriffsposition und duckte sich.

Stantz schob den Freund zur Seite. Mit vorsichtigen Schritten ging er tiefer in den Gang hinein. Das Lichtkanonenrohr hielt er mit beiden Händen fest und bewegte die Mündung halbkreisförmig hin und her.

Ray war sehr konzentriert. Seine beiden Partner folgten ihm auf den Zehenspitzen.

Da kam ein Zimmermädchen um die Ecke. Die drei selbsternannten Ghostbusters sahen aber zunächst nicht das junge Mädchen, sondern nur den Wagen, den es vor sich herschob. Sie bekamen einen gehörigen Schrecken und begannen zu schreien.

Das Zimmermädchen erschrak ebenfalls, riß die Arme hoch und stieß gegen den Wagen, der mit Geschirr geladen war. Teller und Tassen gerieten ins Rutschen.

Das Geschirr schepperte auf den Boden und zerbrach.

Im gleichen Moment schoß Ray. Er verfolgte die zackige Lichtlanze die aus der Mündung fauchte und zielsicher ihren Weg auf das Zimmermädchen nahm.

Die Kleine begann zu schreien. Sie wollte weg, stolperte über die eigenen Beine, und das Geschirr und fiel hin. Sekundenlang war sie von den zuckenden Lichtblitzen umgeben, bis diese verglühten.

»Halt!« brüllte Venkman, als es zu spät war.

»Verdammt!« fluchte die Kleine. »Was haben Sie da gemacht, Sie Vollidiot?«

»Verzeihung«, sagte Spengler und half dem Mädchen hoch.

»Ja, entschuldigen Sie«, meinte auch Venkman.

Stantz sagte: »Es tut mir leid.«

»Außerdem«, fuhr Venkman fort, »haben wir sie für eine andere gehalten. Kann ja mal vorkommen.«

»Geht zum Optiker, ihr Komiker.« Das Mädchen deutete auf die zerbrochenen Teller. »Und wer bezahlt mir den Mist?«

»Das Hotel.«

»Glauben Sie an den Weihnachtsmann?«

»Nein, aber an Gespenster und Geister«, flüsterte Stantz. »Gehen Sie jetzt lieber, Miß.«

»Das mache ich auch. Mit euch Irren bleibe ich doch nicht zusammen. Bin gespannt, was der Manager sagt.«

»Grüßen Sie ihn«, sagte Stantz.

Venkman sah seine Freunde zufrieden an. »Der Test ist erfolgreich gewesen, wie ich meine, aber was sagt ihr?«

Egon und Ray nickten.

»Und jetzt schlage ich vor, daß wir uns trennen«, fuhr Venkman fort. Jeder hat ein Walkie Talkie, da können wir miteinander in Verbindung bleiben. Wir suchen die verschiedenen Flure ab, Okay?«

»Klar doch.«

»Außerdem«, sagte Venkman, »können wir auf diese Art und Weise viel mehr Schaden anrichten.«

»Das Mädchen hatte recht«, meinte Stantz. »Du bist wirklich ein Komiker.«

»Hast du einen anderen Vorschlag?« fragte Venkman leicht gereizt.

»Klar, Peter, klar. Ich bleibe hier, und ihr verschwindet in die anderen Flure.«

Mit einem angedeuteten militärischen Gruß verschwanden Peter Venkman und Egon Spengler.

Stantz hatte sich vorgenommen, mal dort nachzusehen, wo das Zimmermädchen hergekommen war. Die Hinterlassenschaft der Kleinen lag noch immer da.

Die Stille gefiel Ray nicht. Er mußte an die Redensart von der Ruhe vor dem Sturm denken.

Stantz schwitzte, das ärgerte ihn auch noch. Wieder dachte er ans Abnehmen. Schlanke Leute transpirierten nicht so stark. Aber es waren auch die Nerven, die verdammten . . .

Er hörte das Grunzen und sah im gleichen Moment den Geist.

Für ihn war es ein irres Gefühl. Er blieb stehen wie vor eine Wand gelaufen und schaute auf das Gebilde, das dort kauerte, wo auch die Scherben lagen.

Stantz gab einen Laut von sich, der an ein schweres Ächzen erinnerte. Er traute seinen Augen kaum.

Der Geist war grün, quallig und hatte als Form eine Mischung zwischen Frosch und Kugel. Große Augen besaß er auch, vor allen Dingen ein breites Maul, und damit fraß er das Porzellan auf, das vom Frühstückswagen gerollt war.

Er grunzte, schmatzte, zermalmte das Zeug und ließ sich überhaupt nicht stören.

Stantz schüttelte den Kopf. Er wollte etwas sagen und stellte fest, daß er keinen Ton herausbrachte.

Dann dachte er an seine Kanone, die er an dem Zimmermädchen versehentlich getestet hatte. Ja, damit würde er den Geist kriegen. Zielen, schießen und fangen.

Er drückte ab.

Wieder zuckte der Lichtblitz aus der Mündung, schlug ein paar Wellen und traf den Geist.

Iiiiaaahhh . . .

Ein fürchterliches Kreischen gellte durch den Flur. Der Geist wuchtete sich in die Höhe, wurde an der Decke zu einem breiten Fleck, bevor er sich zu einer Kugel zusammenrollte, die mit haarsträubender Geschwindigkeit durch den Gang jagte. Ray sah sich gezwungen, in Deckung zu gehen.

Fauchend wischte der Geist an ihm vorbei und verschwand um die nächste Ecke. Stantz lehnte an der Wand. Er hatte seinen Schrecken überwunden. »Venkman!« brüllte er. »Venkman, verdammt!«

Dazwischen vernahm er ein hohl klingendes Pfeifen, das der Geist ausgestoßen hatte.

»Venkman!«

Ray Stantz bekam keine Antwort. Er schüttelte sich, weil ihm plötzlich etwas aufgefallen war. An der Wand klebten kleine grüne Tropfen. Ein ekelhaftes Zeug.

»Ray, was ist?«

Endlich hatte Venkman begriffen.

»Ich habe ihn gesehen, Mann. Ich habe ihn gesehen!« Ray Stantz war außer sich.

»Ich werd' verrückt!« brüllte Venkman zurück. »Jetzt ist er hier.«

Plötzlich schallte ein Heulen durch die Gänge, als hätte jemand eine Alarmsirene angestellt. Dazwischen waren schwere Tritte zu vernehmen – die beiden anderen wurden plötzlich von dem Geist gejagt.

»Was ist denn, Venkman?« rief Stantz.

»Er tut mir nichts!« kam die dumpfe Antwort aus einem anderen Flur. »Wirklich nicht. Er sieht mich nur an.«

»Der sieht aus wie eine kleine Kartoffel, wie?«

»Ich glaube, er versteht dich, Ray!«

»Wieso?«

»Er wird auf einmal sauer. Richtig zornig. Du hast ihn beleidigt, den Kleinen!«

Ein wütendes Fauchen jagte plötzlich wie ein Sturmwind durch die zwölfte Etage des Hotels.

Dazwischen vernahm Ray Stantz das Schreien seines Freundes. Es waren schrille, gellende Rufe. Angst und Schrecken paarten sich darin. Stantz machte sich große Sorgen um seinen Freund. Er rannte los.

»Venkman! Venkman! Halt aus, ich komme!«

Es kam keine Antwort. Der rennende Stantz vernahm stöhnende Laute, die sehr gut von seinem Freund hätten stammen können. Wie ein Blitz war er um die Ecke gehuscht, lief einige Meter und schaute nach rechts in eine weitere Flurmündung.

Peter Venkman lag am Boden. Tot war er nicht, verletzt schien er auch nicht zu sein, denn er stemmte sich soeben hoch. Dafür war er mit einem widerlichen grünen Schleim bedeckt.

Schweratmend rannte Ray auf Venkman zu. »Mensch, Junge, was ist passiert? Nun rede doch schon!«

»Mist. Er hat mich angespritzt. Sieh doch, ich bin mit Schleim bedeckt.«

»Warum hast du nicht geschossen?«

»Ging alles viel zu schnell.« Venkman stand auf den Füßen und schüttelte sich. In dicken Tropfen klatschte der Schleim zu Boden und hinterließ auf dem Teppich nasse Flecken.

»Aber das ist gut«, sagte Stantz.

»Wieso?«

»Du hast Körperkontakt gehabt. Stell dir das vor. Körperkontakt mit einem Geist. Ist doch klasse, wie?«

»Ray! Ray!« Aus einem anderen Flur erklang Spenglers Organ. »Ray, zum Henker, melde dich doch!«

Peter Venkman und Ray Stantz interessierten Spenglers Rufe nicht. Venkman wischte durch sein Gesicht. Er spuckte. »Ich komme mir vielleicht schmierig vor.«

»Ray, wo bist du?«

»Ich bin bei Venkman, Egon! Komm her!«

Sie hörten die Schritte ihres Freundes. Spengler hatte es sehr eilig. Er atmete schwer, als er neben ihnen stand, schaute auf Peter und bekam große Augen.

»Was ist das denn?«

»Peter ist mit Schleim bespritzt worden.«

»Wieso?«

»Er hat einen Geist gesehen. So häßlich wie eine Kartoffel. Nur eben grün.«

»Den sah ich auch.«

»Was? Wo?«

»Er jagte durch die Gänge. Ich mußte in Deckung gehen. War schnell wie ein Komet.«

»Und wo ist er jetzt?« fragte Venkman, der es einigermaßen geschafft hatte, sich von dem widerlich klebrigen Schleim zu befreien.

»Unten!« erwiderte Spengler.

»Wo – unten?«

»Im Ballsaal, Mensch.«

Venkman und Stantz schauten sich an. »Fahren wir wieder runter. Mann, das wird ein Spaß.«

Es dauerte nicht mal eine Minute, dann hatten sie die erste Etage erreicht.

Vor der Tür trafen sie auf den Manager und einen Teil des Personals. Man wollte den Ballsaal für eine abendliche Veranstaltung herrichten. Noch bevor der Manager eine Frage stellen konnte, hatte Stantz ihn schon beiseite geschoben.

»Wenn Sie und Ihr Personal hier draußen warten würden, wir erledigen nur eben eine Kleinigkeit . . .«

Die drei Geisterjäger betraten den Ballsaal und ließen fassungslose Hotelangestellte zurück . . .

Spengler drückte die breite Tür zu. Dicht davor blieben die drei Freunde stehen.

Vor ihren Augen breitete sich ein gewaltiger Saal aus. Viel Stuck an den Wänden und mehrere schwere Kronleuchter, deren Kristall einen perlenden, glitzernden Schein verbreitete.

Tische und Stühle im Barockstil standen so sorgfältig verteilt, daß jeder bequem essen konnte. Zum Teil war schon eingedeckt worden. Das Silber der Bestecke funkelte und warf blitzende Reflexe. Blütenweiße Damastdecken lagen auf den Tischen, ein dicker tiefroter Teppich bedeckte den Boden, und vor den Fenstern hingen schwere brokatene Vorhänge.

Von der Tür aus gesehen ganz links an der anderen Seite des Speisesaals stand ein langer Tisch, auf dem ebenfalls Teller, Terrinen und Tassen ihren Platz gefunden hatten.

»Wenn man das sieht, bekommt man jetzt schon Hunger«, sagte Spengler und leckte seine Lippen.

»Weshalb sprichst du denn so leise?« fragte Peter.

»Das ist die Ehrfurcht. Wenn ich daran denke, was wir anhaben und in welcher Kleidung die Gäste hier erscheinen werden, komme ich mir direkt deplaziert vor.«

Venkman schaute an sich herab. Er stellte fest, daß sich neben seinen Füßen eine Schleimlache gebildet hatte. »Ja, Egon, damit könntest du recht haben.«

Stantz gab keinen Kommentar. Er war ganz darauf fixiert, den Geist zu jagen. Aus diesem Grunde hatte er sich von den anderen getrennt und war schon vorgegangen.

Abrupt blieb er stehen, duckte sich und deutete mit der freien linken Hand schräg in die Höhe. »Da ist er! An der Decke!«

Ruckartig schauten auch die anderen beiden hoch. Ray Stantz hatte sich nicht getäuscht. Der Geist hockte tatsächlich unter der weißen Decke, nahe bei einem Kronleuchter.

»Genau der hat mich erwischt«, erklärte Venkman.

»Dafür kriegen wir ihn jetzt«, sagte Stantz. »Seid ihr fertig, ihr beiden Helden?«

»Alles klar.«

»Dann wollen wir mal die Laserkanonen anstellen. Ha, ha . . .«

Sie bildeten ein Dreieck. Die Mündungen ihrer »Kanonen« richteten sich schräg in die Höhe. Sie zielten dabei genau auf den Geist, und auf ein geschrieenes »Jetzt« drückten sie gleichzeitig ab.

Aus drei Rohren schossen die gebündelten Lichtstrahlen. Sie trafen den Geist, der plötzlich aufjaulte, sich gedankenschnell bewegte und um den Kronleuchter, in dessen Nähe er gehockt hatte, tanzte.

Wie ein Wirbelwind wischte er herum, verfolgt und eingeholt von den tanzenden und zuckenden Lichtstrahlen.

Sie hörten das Heulen, das sirenenartig durch den großen Raum schallte. Der Geist war außer sich. Er wühlte sich in das Glas des Kronleuchter, sein übergroßes Maul klaffte weit auf, und vor den Augen seiner Jäger begann er damit, das Glas zu fressen.

»Der schluckt das sogar!« schrie Spengler, tanzte herum und schoß. Ein wildes Zucken von Licht und Blitzen konzentrierte sich unter der Decke, direkt am Kronleuchter.

Das blieb nicht ohne Folgen.

»Verdammt, das Ding fällt!«

Stantz hatte geschrien, sprang zur Seite, denn er wollte nicht von dem fallenden Kronleuchter getroffen werden.

Das Ding erwischte ihn nicht. Es krachte dafür auf einen gedeckten Tisch.

Kronleuchter und Geschirr explodierten in einem

wahren Regen von Scherben. Kristallsplitter und Porzellanscherben spritzen weg und verteilten sich auf dem Boden.

»Mann«, stöhnte Spengler.

Aber der Geist war weg. Einen huschenden grünen Schatten hatten sie noch gesehen, mehr nicht.

»Mist, das mit dem Kronleuchter geht auf meine Kappe«, sagte Stantz und schüttelte sich.

Venkman winkte ab. »Ist schon okay. Berufsrisiko, verstehst du. Außerdem ist uns nichts passiert, das ist die Hauptsache.«

»Ja, das ist richtig.«

»Hört mal zu.« Egon Spengler meldete sich mit etwas kleinlauter Stimme.

»Ja, was ist denn?«

»Ihr wißt ja, daß ich die Apparate entworfen habe. Ich habe vergessen, euch noch etwas zu sagen.«

»Was?« fragte Venkman.

»Ihr dürft die Laser-Ströme nicht kreuzen.«

Venkman hob die Schultern. »Weshalb nicht?«

»Das wäre schlecht.«

Peter schüttelte den Kopf. »Jetzt bin ich ganz durcheinander. Was meinst du mit schlecht? Es hieß doch, die Dinger wären gut.«

Spengler nickte. »Obwohl es nicht der richtige Zeitpunkt ist, will ich es dir erklären. Du bist ja auch Wissenschaftler. Paß auf. Versuche mal, dir vorzustellen, daß alles im Leben, wie du es kennst, auf der Stelle aufhört zu existieren und daß jedes Molekül in deinem Körper mit Lichtgeschwindigkeit explodiert.«

Stantz mischte sich ein. »Das wäre die totale Protonenumkehr.«

Venkman nickte. »Genau, und das ist schlecht. Ich sehe es jetzt ein. In Ordnung, Ray, wir danken dir. War ein wichtiger Sicherheitstip, aber jetzt sollten wir unseren Freund suchen.«

»Ob er den Ballsaal verlassen hat?« fragte Ray Stantz.

»Glaube ich nicht.«

»Dann teilen wir uns wieder und versuchen, ihn von drei Seiten zu packen.«

»Das wäre nicht schlecht.«

»Los, macht schon!« drängte Venkman.

Sie teilten sich also wieder auf, nahmen die strategisch wichtigen Plätze ein und lauerten auf den Geist, der ihnen entkommen war. Sie standen entschlossen da, leicht geduckt, die Lippen aufeinandergepreßt, die Waffe fest umklammert. Diesmal sollte ihnen der Geist nicht entwischen.

Spengler schritt links von der Tür. Er bewegte sich ebenso dicht an der Wand entlang wie Ray Stantz.

Venkman hatte die Mitte übernommen.

Und diesmal entdeckte er ihn.

»Daaa!« schrie er.

Der Geist hockte mitten auf dem Tisch, wo noch das restliche Porzellan stand. Er biß in eine Reihe aufgestellter Teller hinein und zerknackte sie mit knirschenden Geräuschen.

Sie schossen zur gleichen Zeit.

Wieder erhellte das manchmal fahl wirkende Laserlicht den Ballsaal. Porzellan wurde getroffen, es fiel auseinander, zerbrach klirrend, und auf einmal stand die Tischdecke in Flammen.

»Mist!« fluchte Spengler. Der Geist zischte pfeilschnell in die Höhe. Dabei gab er heulende Laute von sich. Ein grünes Etwas klatschte gegen die Decke, jagte wieder nach unten und drehte eine huschende Spirale.

Dauerfeuer!

Die Finger der drei Geisterjäger lagen an den Abzügen. Ihre Gesichter starrten verzerrt. Gnadenlos verfolgten die Laserstrahlen den flüchtenden Geist, trieben ihn in die Enge.

Er versuchte alles, um zu entkommen. Die Geschwindigkeit war kaum meßbar, mit der er durch den großen Ballsaal irrte.

»Haltet drauf!« brüllte Venkman. »Verdammt, haltet drauf!«

Sie verfolgten ihn mit Laserlicht. Einige Male wurde er gestreift, dann jaulte er jedesmal schrill, daß den Männern eine Gänsehaut über den Rücken fuhr.

Weitere Tischdecken gerieten in Brand. Sie sahen aus wie kleine Buschfeuer. Hellgrauer Qualm trieb in Schwaden durch den Raum, verpestete die Luft und reizte die Männer zum Husten.

Sie ließen nicht locker.

Der Geist wurde langsamer.

Er schrie wie ein kleines Kind. Stieg der Decke entgegen, drehte sich, jagte wieder zu Boden, huschte dicht über den Teppich, klatschte gegen die Tür und wurde gehetzt von den Laserstrahlen.

Manchmal mußten sich die drei drehen wie Tänzer und sehr achtgeben, daß sie sich nicht gegenseitig trafen.

Der Geist war der Erschöpfung nahe. Wieder jagte er auf den Boden zu. Venkman verfolgte ihn mit seiner Laser-Kanone, hätte ihn auch fast gebannt, doch das Wesen war noch zu schnell.

Es huschte durch seine Beine.

Dafür schmorte der Teppich durch.

»Du steckst noch das ganze Hotel in Brand!« schrie Stantz.

»Ach, hör auf. Was zählt schon ein Hotel, wenn es um einen Geist geht?«

»Da ist er!« rief Spengler. »Und er ist langsamer geworden. Jetzt kriegen wir ihn!«

In einem seltsam anmutenden torkelnden Flug strebte der Geist der Saaldecke zu.

Die Männer hörten auf zu schießen. Als der Geist sein Ziel erreichte, feuerten sie wieder.

Drei Lichtspeere jagten auf ihn zu, kreuzten sich nicht und hielten ihn wie in einem Gefängnis.

»Wir haben ihn!« jubelte Spengler. »Wir haben ihn! Jetzt kommt er nicht mehr weg!«

»Haltet ihn so!« sagte Venkman. In seiner Stimme lag ein Zittern, wie er es nicht kannte.

»Ja, ja, ihr müßt ihn auch halten!« rief Stantz. »Nur weiter so, nur weiter.« Er tanzte um seine beiden Freunde herum und konnte seine Blicke nicht von der Decke nehmen. Spengler und Venkman behielten den Finger am Abzug. Ihre Blicke waren starr gegen die Decke gerichtet, wo der grüne Geist wie ein verlaufener Schmutzfleck wirkte.

Die Brände hatten sich zum Glück nicht ausgeweitet. Sie waren in schwelende Feuer übergegangen, die sehr viel Rauch produzierten. Das Zeug biß in die Augen der Männer.

»Nur halten«, sagte Stantz, »nur halten. Der letzte Treffer hat ihn zwar geschwächt, aber er wird sich bewegen, glaubt mir. Er ist noch nicht völlig ausgeschaltet.«

»Was willst du tun?« fragte Venkman.

»Ich brauche Platz.«

»Und wofür?«

»Die Falle, Peter. Ich muß die Falle aufbauen. Gebt mir etwas Platz, macht schon . . .«

Sie gingen ein wenig zur Seite, ohne allerdings den Winkel der Lichtkanonen zu verändern.

Im Ballsaal war es ruhig geworden. Das leise Knistern der allmählich niederbrennenden Flammen vermischte sich mit dem scharfen Atmen der Geisterjäger.

Vor der Tür mußten sich zahlreiche Hotelgäste eingefunden haben. Ihre Stimmen waren als undeutliches Gemurmel zu hören. Eine Frau beschwerte sich lautstark, wann denn nun endlich das große Dinner beginnen könne. Schließlich habe sie dazu eingeladen.

Der Manager erlebte seine schwerste Zeit. »Ich versichere Ihnen, Mrs. van Howten, daß alles seinen guten Gang geht. Die Vorbereitungen laufen auf Hochtouren. Das Essen wird prompt fertig sein, sobald alle Gäste bei uns eingetroffen sind.«

»Hoffentlich. Sonst mache ich Sie dafür verantwortlich. Man hat mir das Hotel schließlich empfohlen.«

»Mit vollem Recht!« rief der Manager geflissentlich. Es wird alles zu Ihrer Zufriedenheit ablaufen, Mrs. van Howten, glauben Sie mir. Und jetzt entschuldigen Sie mich bitte. Ich muß mich noch um andere Dinge kümmern.«

»Aber wenn es nicht so ist, dann . . .«

Weitere Worte verstanden die drei Ghostbusters nicht, die drinnen kurz vor ihrem ersten überzeugenden Erfolgserlebnis standen. Der paralysierte Geist nahm ihre Aufmerksamkeit wieder voll in Anspruch. Er hatte nicht aufgegeben, klebte platt und flach an der Decke, wobei er sich wie ein zuckender Schatten bewegte, mal ein schweres Seufzen ausstieß, sein gewaltiges Gebiß zeigte und auch Schleim absonderte, der zu Boden fiel.

»Gib acht, daß dich die Tropfen nicht erwischen«, warnte Venkman seinen Partner.

»Geht in Ordnung.«

»Wir müssen ihn fangen!« flüsterte Stantz beschwörend. »Und wir schaffen es auch.«

Als hätte der Geist verstanden, daß es sich um seine endgültige Gefangenschaft drehte, begann er zu jaulen.

»Das nützt dir auch nichts!« knirschte Spengler.

»Laß mal, Stantz!« keuchte Venkman. »Eigentlich wollte ich das immer machen.«

»Okay, auf mein Zeichen!« Stantz nickte. Der Schweiß lief über sein Gesicht. »Egon, halt deinen Sperrstrahl ruhig. Er wird gleichzeitig die Leitlinie für den Geist sein. Klar?«

Spengler nickte.

Stantz biß auf seine Unterlippe. »Er wird sich bewegen!« hauchte er. »Aber wir kriegen ihn trotzdem. Nur keine Panik, Freunde, nur keine Panik. Und immer ruhig bleiben ...« Er legte eine kurze Pause ein. »Jetzt!«

Die Männer traten zurück. Sie veränderten den Winkel der Lichtstrahlen, und auch der Geist konnte nicht anders, als den hellen Lanzen zu folgen. Er schien daran zu kleben.

Spengler jubelte. »Ray, es funktioniert!«

Stantz war außer sich. »Weiter, Jungs, weiter! Bringt ihn runter. Aber seid vorsichtig. Ihr habt ihn! Klasse, toll, und nur nicht die Ströme kreuzen, dann ist alles im Eimer. Ja, so ist es gut.«

Peter und Egon arbeiteten konzentriert. Sie hatten ihre Umwelt vergessen. Der Schweiß rann salzig in Venkmans Augen und brannte, aber er kümmerte sich nicht darum.

Auch Spengler stand unter Streß. Halb offen klappte sein Mund. Leise pfeifend drang der Atem über seine Lippen. Er hatte den Kopf starr nach hinten gedrückt. Unter der straff gespannten Haut zeichneten sich bläulich die Adern ab.

Peter Venkman mußte sich einfach Luft verschaffen. Ohne in der Konzentration nachzulassen, flüsterte er: »Du wirst nie wieder einen Mann mit Schleim bewerfen, das kann ich dir versprechen, du mutierte Kartoffel. Bald wirst du heulen und jammern, aber wir lassen dich nie mehr raus. Nie mehr ...«

»Hör auf, Peter«, sagte Spengler. »Achte auf den Strahl. Verkürze ihn. Und paß auf, wie du ihn hältst. Ich will mein Gesicht nicht verbrannt haben.«

»Okay, Jungs, keine Panik.« Stantz war in seinem Element. »Ich habe jetzt Platz genug und öffne die Falle. Schaut nicht hinein, hört ihr! Nur nicht hineinschauen.«

»Ich habe aber schon . . .«

»Hör auf, Spengler. Stellt euren verdammten Strahl dann ab, wenn ich ihn habe. Klar?«

»Ja, begriffen.«

Der Geist wanderte immer tiefer. Die beiden Strahlen hielten ihn fest wie Klammern.

Stantz hatte den Kasten, die Geisterfalle, bereitgestellt. Sie hatten ihn mit nach oben und nach unten geschleppt. Jetzt kam er ihnen zugute. Er leuchtete in einem feurigen Rot, und besaß eine Klappe, die Stantz schon abgehoben hatte.

»Vorsichtig«, sagte er und verfolgte den grünen Geist mit seinen Blicken. Der Kleine sah komisch aus. Die Strahlen hatten ihn ein wenig zerquetscht. Sein Maul war zusammengedrückt. Ein paar Schleimtropfen sonderte er ab. Sie verdampften sehr schnell im Laserlicht.

»Ihr seid gut, Jungs, irre gut . . .« Stantz lobte die beiden Helfer, die es tatsächlich schafften, den Geist herumzudrehen und an die Öffnung der Falle zu bringen.

»Rein!« keuchte Stantz.

Auch das schafften sie mit einer letzten Drehung ihrer Lichtkanonen. Der Geist verschwand.

»Abstellen, die Strahler!« schrie Stantz.

Die Lichtlanzen fielen zusammen. Im gleichen Augenblick klappte Stantz die Falle zu.

Der Geist war gefangen!

Die drei Ghostbusters standen da, schauten sich an und atmeten tief aus. Gleichzeitig husteten sie, weil Rauch in ihre Kehlen gedrungen war. Spengler fand als erster die Sprache wieder. »Er ist drin!« rief er. »Verdammt, er ist drin! Wir haben einen Geist gefangen!«

»Ja, er ist drin!« sagte Venkman andächtig.

»Wir haben es geschafft!« jubelte Ray.

»Unser erster Geist!« tönten sie stolz im Chor.

Stantz hob die Schultern und stellte sich in Positur. »War doch nicht schwer – oder?«

Die Gäste in der Lobby wurden immer unruhiger. Sie waren zum Dinner geladen worden, aber man ließ sie nicht hinein. Das Gedränge wurde stärker, der Unmut wuchs. Der Manager stand unter heftigem Beschuß. Es war ein Fehler gewesen, zum Ballsaal zurückzukommen.

»Ich kann auch nichts dafür!« rief er und rang seine Hände. »Es tut mir leid, wirklich . . .«

»Wie lange sollen wir denn noch warten? Wenn Sie nicht rechtzeitig planen können, sollten Sie den Beruf wechseln!«

»Es kann sich wirklich nur um Minuten handeln«, rief der Manager mit heiserer Stimme.

»Unverschämtheit!« drang es von hinten.

»Eine Zumutung!«

»Ich bitte Sie noch um ein wenig Geduld«, flehte der Manager. Aber man hörte ihn kaum noch.

»Schweinerei!« rief jemand.

»Aufmachen! Drückt doch einfach die Tür ein!«

Der Manager schluckte und bewegte dabei ruckartig seinen Kopf. Warum sollte er eigentlich nicht die Tür aufmachen? Sollten diese ungeduldigen Gäste doch selbst sehen, was da drinnen los war. Er hatte keine Lust, sich noch länger ausschimpfen zu lassen – ihm gehörte das Hotel nicht.

Wenn die Gäste sich bei den Eigentümern über sein Verhalten beschwerten, würde er fliegen. Wenn er sie jetzt in den Saal ließ, würde er auch fliegen, weil man dort bestimmt nicht dinieren konnte, zudem war auch ein leichter Brandgeruch zu riechen, und der Manager fragte sich, weshalb die Feuermelder keinen Alarm gaben.

»Können wir jetzt endlich rein, Mister?«

»Also gut!« Der Manager winkte einem seiner Angestellten zu. »Mr. Smith, kommen Sie, ich möchte die Tür jetzt geöffnet haben.« Gleichzeitig winkte er einem zweiten Mann. »Donald, bitte, Sie werden sich da drüben neben die Tür stellen und die Leute noch zurückhalten.«

»Ja, Sir.«

Im nächsten Augenblick löste sich das Problem des Managers wie von selbst: Die Tür zum Ballsaal wurde von innen geöffnet!

Der Manager zuckte zurück, so sehr hatte er sich erschreckt. Er riß die Arme hoch, bewegte sie wedelnd, als wollte er einen Geist zur Seite wischen.

Es war kein Geist, der dort erschien – es waren die drei Ghostbusters, die, wie Söldner nach einem schweren Kampf aussehend, auf der Schwelle standen und selbstbewußt grinsten.

Stantz zeigte die rote Geisterfalle, hielt sie hoch, als erwartete er Beifall.

Venkman hob beide Arme. Fast bittend wurde er von dem Manager angestarrt, und Peter enttäuschte den Mann nicht. »Wir kamen, sahen und machten ihn fertig.«

Der Manager nickte erleichtert. Aber dann schaute er an Peter Venkman vorbei in den Ballsaal und entdeckte die Schwelbrände. Der Rauch trieb jetzt in dünnen Schwaden durch die Tür. Zwei Angestellte hasteten mit Feuerlöschern heran.

»Haben Sie *es* gesehen!« fragte der Direktor. »Was war *es*?«

»Wir haben ihn«, erklärte Stantz und deutete auf seinen feuerroten Kasten.

»Oh.« Der Manager schluckte.

Die Unruhe unter den Gästen nahm wieder zu, weil sie bemerkt hatten, daß einiges nicht stimmte und aus dem Dinner wohl nichts wurde. Im Ballsaal sah es wie auf einem Schlachtfeld aus, es qualmte in allen Ecken, und man konnte auch die Scherben des Porzellans und auch die Kristallsplitter herumliegen sehen.

»Haben wir denn nun endlich Ruhe?« fragte der Manager verzweifelt. »Oder wird es noch mehr davon geben?«

»Möglich«, erwiderte Venkman fröhlich.

Der Manager wurde noch blasser und wandte sich an Ray Stantz. »Bitte, wollen Sie mir nicht erklären . . .«

»Aber sicher doch. Sie haben ein Recht darauf.« Ray gab sich ganz locker und dozierte mit lauter Stimme: »Sir, was Sie da hatten und wir jetzt haben, kann man als einen sich wiederholenden Phantasmus oder einen vollbeweglichen Dunst der Klasse fünf nennen. Manche sagen auch Spuk oder Gespenst. Er ist grün, poltrig, frißt Glas und Porzellan . . .«

Der Manager wurde immer kleiner. Er schaute Stantz an, als wäre dieser selbst ein Gespenst. »Das ist ja ungeheuerlich«, flüsterte er.

Peter Venkman trat seinem Freund Ray gegen das Schienbein und raunte ihm zu: »Hör jetzt auf mit dem Quatsch, ich will was Wichtiges mit ihm bereden.«

»Wieso, Peter? das war doch . . .«

Venkman winkte ab und wandte sich an den leidgeprüften Manager. »Haben Sie sich wieder einigermaßen fangen können, Sir?« fragte er einfühlsam. »Ich meine, sind alle Ihre Sinne wieder eingeschaltet?«

Der Manager nickte, sein Gesichtsausdruck jedoch bewies das glatte Gegenteil.

»Dann kommen wir zum Geschäftlichen. Für das Einfangen, es war verflucht schwer, müssen wir vier Riesen verlangen. Falls Sie nicht verstehen, es sind viertausend Dollar. Aber Sie haben Glück. Wir machen immer Sonderwochen, und in dieser Woche haben wir auch einen Sonderpreis. Nicht für die Arbeit, die war wüst genug. Nein, der nächste Preis bezieht sich auf die Protonenladung und die Lagerung der Bestie. Und das kostet Sie, Mister, und jetzt hören Sie mir genau zu, denn so billig bekommen Sie es nicht mehr, nur tausend Dollar.«

Vor zwei Minuten noch war der gute Manager fast am Erdboden zerstört gewesen. Als er die Zahlen hörte und sie addierte, drang der Geschäftsmann wieder in ihm durch. »Haaa!« schrie er. »Seid ihr verrückt? Fünftausend Dollar? Das bezahle ich nicht. Nein, auf keinen Fall! Ich hatte ja keine Ahnung, daß es so viel Geld kosten würde. Verrückt ist das, einfach unmäßig. Noch einmal, das bezahle ich nicht!«

Die drei Geisterjäger hatten zugehört und die Worte sehr genau verstanden. Peter schaute seine Freunde an. Er sah ihr Nicken und wußte, daß sie mit seiner Antwort einverstanden sein würden.

»Okay, Sir, das macht uns nichts. Wir können den Geist gern wieder in den Saal hineinbringen und freilassen.«

Kaum hatte er die Worte gesprochen, als Stantz schon den Apparat anhob und sich abdrehte.

»Ich danke dir, Ray.«

»Ja, natürlich, Dr. Venkman.« Stantz grinste. »Das mache ich doch mit dem größten Vergnügen.«

Der Manager schüttelte heftig den Kopf und streckte gleichzeitig seinen Arme aus, als wollte er Stantz aufhalten. »Halt, halt, Augenblick noch, bitte.«

Stantz setzte den Kasten wieder ab. »Ist noch was?«

»Nein, nein, nein. Ich meine ja. Sie bekommen das Geld. Es war nur der Schock, wissen Sie, der Schock.« Er griff wieder zum Taschentuch und wischte über Gesicht und Nacken.

»Na denn.« Venkman war einverstanden. »Wir danken Ihnen vielmals. Die Rechnung schicken wir zu. Zahlen Sie sehr schnell, der Kleine in dem Kasten ist unheimlich scharf darauf, wieder an die frische Luft zu kommen. Sie verstehen.«

»Was immer Sie wollen!« jammerte der Manager.

»Das wär's dann gewesen. Empfehlung an die Gattin, Mister.« Venkman winkte den anderen. »Kommt, Freunde, der nächste Einsatz wartet. New York muß befreit werden . . .«

Sie gingen.

Wie Helden waren sie gekommen, als gefeierte Ghostbusters schritten sie davon. Der erste große Erfolg, das machte Mut, das gab Auftrieb. Die Sache begann zu laufen.

Sie genossen die staunenden, bewundernden Blicke der Gäste.

»Daran müßt ihr euch gewöhnen«, meinte Peter lässig. »Es wird bald immer so sein . . .«

»Hoffentlich!« sagte Spengler.

Draußen freuten sie sich wie die kleinen Kinder.

Am nächsten Morgen!

Wie immer liefen schon die Flimmerkisten. Amerikaner wollten auch zum Frühstück auf ihre elektronische Berieselung nicht verzichten, und sie wurden vom lokalen Sender so von ihren Stühlen gerissen, daß ihnen fast die Scheibe Toast oder der Speck im Halse steckenblieb.

Auf der Mattscheibe erschien ein lächelndes, Optimismus verbreitendes Männergesicht. »Guten Morgen, liebe Zuschauer! Ich bin Roger Grimsby, Sie wissen ja, Ihr Muntermacher für den ganzen Tag. Heute ist ein besonderer Tag, denn wir werden über eine Sache berichten, die sich tatsächlich zugetragen hat, obwohl sie sich unglaublich anhört. Es ist wie ein Fieber, das

New York erfaßt hat, nein, was sage ich, die gesamte Ostküste steht kopf- und ratlos da. Man redet nur über paranormale Aktivitäten. Angebliche Geistererscheinungen und übernatürliche sowie unerklärliche Vorkommnisse sind überall an der Küste gemeldet worden. Offenbar ist jedermann bereit, einen Geist gesehen zu haben. Es gibt sie, jene unheimlichen Kreaturen, die bisher im Verborgenen gelauert haben. Man muß sie nur aufspüren. Hören Sie, was Ihnen Mr. Brady zu sagen hat . . .«

Das Bild wechselte und zeigte einen Mann im mittleren Alter.

Die Schrift R. Brady wurde eingeblendet. Sie hatten also den ersten Zeugen herangeschafft.

»Nun, jeder hat schon Gespenstergeschichten am Lagerfeuer gehört. Meine Großmutter hat auch schon davon erzählt. Das war über eine Geisterlokomotive, die immer an der Farm vorbeigerast ist, wo sie aufwuchs. Es war eine spannende Geschichte, die wir Enkel nicht oft genug hören konnten.«

Bildwechsel.

Die New Yorker bekamen an diesem Morgen wirklich etwas geboten. Das hatten sie lange nicht mehr erlebt, denn plötzlich flimmerte eine neue Schrift auf.

NEW YORK VOM GEISTERFIEBER GEPACKT

Und dann spielten sie den Hit ein.

Roy Parker junior erschien. Mit ihm der Chor. Der Song vom Ghostbuster jagte über die Mattscheiben, und die heiße Musik dröhnte aus den Lautsprechern in die Wohnungen.

Mitten im Song wurde ausgeblendet. Wieder erschien eine Meldung. Brandneu und aktuell.

GHOSTBUSTERS FANGEN DEN CHINATOWN-SPUK

Ein Restaurantbesitzer erschien. Er stand vor seinem Lokal, war von Menschen umringt und erzählte seine

Geschichte so hektisch, als hätte er sie gerade erst erlebt. Dann erschien wieder der Sänger.

Und er heulte den Song, daß sich die Balken bogen. Die Ghostbusters waren die Schau, sie waren in.

Es erschien einer der Geisterjäger, Ray Stantz. Er stand bei einem Reporter.

Der Moderator hob kurz die Hand. »Hi, hier ist Larry King. Das Thema, zu dem Sie uns heute anrufen können, lautet: Geister, übersinnliche Erscheinungen und die Ghostbusters, eine ebenfalls übernatürliche Erfolgsstory. Wir stehen hier mitten in der Menge. Ein Ghostbuster ist eingetroffen, die anderen werden auch bald erscheinen. Sie räumen mit dem Spuk auf, das alles können Sie hautnah miterleben. Haben Sie schon mal eine Geisterfestnahme gesehen? Nein, liebe Freunde, das bestimmt nicht. Und immer mehr Erscheinungen werden gemeldet. Kommt es noch soweit, daß jeder New Yorker seinen eigenen Hausgeist hat?«

Er lachte selbst über seinen Witz und kam dann wieder auf sein Thema zu sprechen. »Aber es gibt schon Kritiker. Sie wissen ja, wo Licht ist, da ist auch Schatten. Manche behaupten, daß die professionellen Geisterjäger erst die Ursache für das epidemieartige Auftreten des Spuks sind. Ob man das glaubt oder nicht – der rhythmische Song ist über Nacht zu einem Ohrwurm geworden – hier ist er . . .«

Und schon wurde Ray Parker junior eingeblendet, der den Song schmetterte.

Natürlich vergaß man die Werbung nicht. Für Geisterspürgeräte wurde schon Reklame gemacht. Die Spots schoben sich in Sekundenschnelle über den Bildschirm, während Parker sang.

Zwischendurch erschienen auch die Ghostbusters. Man zeigte sie bei ihren harten Einsätzen, in Kampfkleidung und mit den Lichtkanonen.

New York erlebte ein Fieber. Das Ghostbuster-Fieber.

Das kleine Gespenst im roten Kreis erschien auf den großen Zeitschriften, auf allen Fernsehkanälen, und die Amateurkünstler sprühten es an Hauswände.

Ghostbusters waren die Helden der Nation. Reporter rissen sich um Interviews, und die arme Janine im Hauptquartier bekam kaum noch Schlaf. Jedes Kind kannte die Gesichter der drei Ghostbusters. Autogrammwünsche wurden erfüllt, die Werbung stieg groß ein.

T-Shirts, Stickers, Aufkleber, und sogar eine Ghostbusters-Diät wurden angeboten.

Amerika im Fieber.

Amerika im Geisterfieber!

»Mein Gott!«

»Was ist?« fragte Peter, der Ray Stantz hatte stöhnen hören.

»Ich bin kaputt.«

Peter lachte. »Das kann vorkommen.«

»So hätte ich es mir nicht vorgestellt.« Die beiden hockten in der ersten Etage ihrer Villa und wollten eigentlich darüber nachdenken, wie es weitergehen sollte.

Noch waren sie zu keinem Ergebnis gekommen.

»Aber der Dollar rollt«, sagte Venkman.

»Richtig. Wie gut, daß wir von der Uni geflogen sind.«

»Wir müssen dem Dekan dankbar sein.«

Sie lachten.

Unten lief der Fernseher. Janine hatte ihn angestellt.

sie war kaum noch wiederzuerkennen. Der ganze Rummel hatte sie völlig verändert. Janine saß im Zentrum wie die Spinne im Netz.

Bei ihr liefen die Fäden zusammen. Sie holte nach wie vor die neuen Aufträge ein, aber sie kümmerte sich auch persönlich um die Verträge mit den Werbefirmen und den TV-Gesellschaften.

Auch sie sah sich oft genug auf dem Bildschirm, denn auf diese Art und Weise holte sie ebenfalls Kunden herbei.

Im Moment war Ruhe eingekehrt. Auch draußen hielten sich keine Reporter mehr auf, aber sie würden kommen, angemeldet hatten sich die Burschen bereits.

Dafür erschien ein anderer. Janine, die telefonierte, legte den Hörer auf, als sie den hochgewachsenen Mann vor sich stehen sah.

Es war ein Schwarzer. Er trug Jeans und ein verwaschenes Hemd. Janine musterte ihn freundlich-distanziert. »Was kann ich für Sie tun, Mister?«

Der Schwarze hob die Schultern.

»Ich bin Winston Zeddemore und suche einen Job.«

»Bei uns?«

Ja, sonst wäre ich nicht gekommen.«

Janine schaute ihn an. Er sah nicht schlecht aus, machte einen sauberen Eindruck, auch seine Augen waren gut.

Und gebrauchen konnten sie die Unterstützung eines vierten Ghostbusters immer.

»Schön, mal sehen.«

»Ist das alles?«

»Nein, folgendes noch: Glauben Sie an Ufos, Astralprojektionen, Telepathie, übersinnliche Wahrnehmungen, Hellsehen, Telekinese, Hypnose, das Ungeheuer von Loch Ness und an die Theorie über den versunkenen Kontinent Atlantis?«

»Bißchen viel, was Sie da alles aufgezählt haben.«

»Es muß sein«, erklärte Janine.

Winston Zeddemore hob die breiten Schultern. »Wissen Sie, Madam, wenn Sie mir regelmäßig ein Gehalt überweisen, glaube ich an alles, was Sie sagen. Sogar an die Marsmenschen.«

»An die grünen Männchen.«

»Und an die roten oder gestreiften.«

Janine lächelte. »Ich glaube, Sie sind richtig, Winston.« Sie schaute schräg zurück, denn soeben erschienen Venkman und Stantz, die an der Stange nach unten gerutscht waren. »Moment, Winston, warten Sie eine Sekunde.«

»Klar doch.«

Venkman trat an den Schreibtisch und legte ein Stück Papier vor Janines Nase. »Hier ist die Quittung über die Brooklyn-Sache. Die Frau hat mit einer Kreditkarte bezahlt.«

Janine, immer sehr sorgfältig, heftete sie sofort ab. »Ich habe auch noch etwas«, sagte sie dann. »Und zwar eine Auftragsliste. Ist in der Nacht eingegangen.«

Stantz nahm sie an sich und studierte die Liste. Er schüttelte den Kopf. »Da sind zwei Wiederholungen dabei. Eine leichte Übung für uns. Darin haben wir schon Routine. Wird erledigt, Janine.«

»Fein.«

»Gibt es sonst noch etwas?« fragte Ray Stantz.

»Ja.« Janine deutete auf den Schwarzen, der noch immer wartete. »Das ist Winston Zeddemore. Er kommt wegen eines Jobs zu uns.«

»Oh!« Stantz warf ihm einen interessierten Blick zu, während Peter in einer Akte blätterte.

»Kann ich den Job haben?« fragte Winston Zeddemore.

Ray Stantz hob die Schultern. Er schaute den Bewerber weiterhin an, während er Janine fragte: »Hat er den Test bestanden?«

»Ja.«

Stantz nickte. »Fabelhaft, Mann. Sie sind angeheuert. Auf Janine können wir uns verlassen. Ich bin übrigens Ray Stantz, und das ist Dr. Peter Venkman.«

Winston lachte leise. »Toll finde ich das.«

»Ja, wir auch«, sagte Peter. Er reichte ihm die Hand. »Gratuliere, Winston.«

»Danke sehr.«

»Willkommen an Bord«, schloß sich Janine an.

Ray ging sofort in die vollen. »Kommen Sie, Winston, Sie können mir helfen.«

»Wobei?«

»Das, mein Lieber, werde ich Ihnen alles noch zeigen. Sie werden sich wundern. Wundern werden Sie sich . . .«

Im großen Saal der Metropolitan Opera herrschate gespannte Stille. Man hätte wirklich die berühmte Stecknadel fallen hören können, so ruhig war es in diesem Augenblick.

Vor einer halben Minute war das anders gewesen. Da hatte jemand getobt und sich aufgeführt wie ein Irrer, weil die Musiker nicht so spielten, wie er es gern gehabt hätte.

Dana Barrett befand sich so ziemlich in der letzten Reihe des Orchesters. Auch sie machte ein betretenes Gesicht, wie fast alle ihrer Kollegen, aber in ihren Augen glitzerte auch Wut. Sie stieß den neben ihr sitzenden jungen Mann an, der zusammenzuckte und fast seine Violine umgestoßen hätte.

»Was ist denn, Dana?«

»Ich weiß nicht, wo die sich immer ihre komischen Gastdirigenten herholen. Und wenn sie es schon machen, sollen sie einem Typ wie diesem hier sagen, daß es keinen Sinn hat, uns hier in deutsch anzuschreien. Das ist Blödsinn. Wenn er das noch einmal macht, fange ich an zu lachen, dieser Karajan-Verschnitt.«

Der Kollege nickte und schielte auf den Dirigenten. Er hatte sich erschöpft hingesetzt, hielt seinen Taktstock fest und schüttelte den Kopf. »Ich bin der Meinung, daß man den Knaben überhaupt nicht als kompetent ansehen kann. Der verliert zu leicht die Nerven.«

»Und weshalb hat man ihn geholt?«

»Frag doch das Management.«

Denkst du, da spricht jemand mit einer kleinen Musikerin?«

»Nein.«

»Also lasse ich es bleiben.«

»Sicher, und so wird sich nichts ändern.«

Es änderte sich dennoch etwas, denn der Gast aus Deutschland hob seinen Kopf, sprang auf und schrie: »Fertig für heute. Sie können gehen. Ja, gehen Sie nach Hause und üben Sie da. Morgen will ich ein perfektes Orchester hören, wo jeder seine Pflicht tut. Ich dachte immer, Sie wären Künstler und keine Handwerker.«

»Da muß aber beides zusammenkommen«, sagte Dana, als sie sich von ihrem Stuhl hochdrückte.

Auch ihr Kollege stand auf. Die beiden verstanden sich gut. Der junge Mann war in Dana verliebt, das wußte sie auch, aber sie ließ ihn an der langen Leine.

Sehr diszipliniert verschwanden die Musiker aus dem Orchestergraben. Erst als sie von dem Dirigenten nicht mehr gehört werden konnten, machten sie sich Luft.

Sie schlenderten durch die hohen Gänge der altehrwürdigen Met. »Hast du noch etwas vor, Dana?«

»Weiß nicht.«

»Wir könnten zu mir . . .«

»Laß mich nachdenken.«
»Sicher, aber nicht zu lange.«
»Nein, nur bis draußen.«

Wenig später hatten sie den Komplex verlassen und standen an der großen Freitreppe.

»So, ich frage dich noch einmal, Dana, was ist . . .«

Dana hörte nicht zu, denn sie hatte einen dunkelhaarigen Mann gesehen, der am Fuß der Treppe wartete. »Das gibt's doch nicht«, flüsterte sie.

»Was?«

»Könntest du einen Moment warten?«

Der Violinist verstand. »Du meinst den da unten. Das ist doch dieser Dr. Venkman. Sein Gesicht kennt jedes Kind.«

»Ich muß mit ihm reden.«

»Was hast du mit ihm zu tun?«

»Ach, nichts.« Dana Barrett lief die Treppe hinab.

Peter erwartete sie lächelnd. Als sie vor ihm stehenblieb, sagte er: »Kompliment, Dana, das war eine wundervolle Probe, auch wenn der komische Typ bald einen Infarkt bekommen hätte . . .«

Dana war verwirrt. »Wie? Sie haben die Probe gesehen?«

»Und zugehört.« Er nahm ihren Arm. »Für mich sind Sie die Beste der Cellisten.«

Dana schaute auf die gewaltigen Fontänen des Springbrunnens. »Ach, das sagen Sie nur so.«

»Nein, ich meine es ernst.«

»Dann müssen Sie sehr gute Ohren haben, Dr. Venkman. Die meisten Leute können mich nicht hören, wenn das gesamte Orchester spielt. Nein, nein, ich glaube Ihnen nicht, Doktor.«

»Wollen Sie mich beleidigen?«

»Sehe ich so aus?«

»Ah, das nicht. Ich brauche mich von Ihnen nicht beleidigen zu lassen. Da stehen schon Hunderte von

Leuten Schlange, um dies zu tun. Sie nicht auch noch, Dana.«

»Schon gut.« Dana winkte ab. »Sie sind nicht mehr der Dr. Venkman, wie ich ihn kenne.«

»Wieso?«

»Sie sind in den letzten Wochen eine große Berühmtheit geworden. Die Medien reißen sich um Sie. Das verstehe ich zwar nicht, aber man kann ja nicht alles im Leben begreifen.« Sie schaute an Venkman vorbei und sah, daß ihr Kollege die Treppe herunterkam. Plötzlich lachte sie.

»Was haben Sie denn jetzt?»

»Ich mußte gerade an Ihren Besuch in meiner Wohnung denken. Da haben Sie sich aufgeführt wie jemand, der als nicht geheilt entlassen worden ist. Entschuldigen Sie, doch es war so. Haben Sie zufällig noch Zeit gefunden, sich um meinen Fall zu kümmern?«

Peter gab nicht sofort eine Antwort. Ihm war der Violinist ebenfalls aufgefallen, der jetzt bei ihnen stand und schnüffelnd seine Nase bewegte.

»Wer ist denn dieser komische Zombie da? Ich habe das Gefühl, daß er nur versuchsweise lebt.«

Danas Stimme wurde scharf. »Dieser komische Zombie, wie Sie ihn genannt haben, ist zufällig einer der besten Musiker der Welt.«

»Das konnte ich nicht wissen.«

»Dann wissen Sie es jetzt, Dr. Venkman. Ich hatte Sie etwas gefragt. Sind Sie in meinem Fall weitergekommen? Oder ist er Ihnen über den Kopf gewachsen?«

»Das gerade nicht.«

»Also . . .«

Venkman schüttelte den Kopf. »Nein, Dana, ich möchte Ihnen das unter vier Augen sagen.«

»Warum sagen Sie es mir nicht jetzt?«

Venkman hob die Schultern. »Okay, Sie haben gewonnen, Sie sind der Boß.« Er ging einige Schritte zur Seite. Dana folgte ihm, sie war tatsächlich neugierig. Ihr Kollege blieb stehen.

Venkman drehte sich wieder um. »Okay, Dana, Sie waren der erste Kunde. Vielleicht sogar der wichtigste, und ich habe nachgeforscht und nachforschen lassen.«

»Reden Sie schon, Doktor.«

»Ich habe das Wort Zuul für sie gefunden.«

Dana zeigte ein erstauntes Gesicht. Sie räusperte sich. »Tat . . . tatsächlich? Was ist es denn genau?«

»Nun, der Name Zuul bezieht sich auf einen Halbgott oder Götzen, der um 6000 vor Christi verehrt worden ist. Und zwar von den Hetitern . . .«

»Von wem?«

»Hetiter«, erwiderte Peter. »Aber nicht nur sie waren es, die ihn verehrten. Auch die Mesopotamier und Sumerer. Zudem war Zuul ein Diener von Gozer.«

»Moment, Moment«, sagte Dana, »das muß ich erst einmal in die Reihe bekommen. Da gibt es einen Zuul, und da gibt es einen Gozer. Wir haben es mit zwei Wesen zu tun.«

»Richtig kombiniert.«

»Dann war Zuul der Günstling von Gozer«, faßte Dana Barrett zusammen.

»Ausgezeichnet.«

»Ach, hören Sie auf, Dr. Venkman. Auf den Arm nehmen kann ich mich allein. Wer ist Gozer?«

Peter zog ein Gesicht wie der Professor, der alles weiß und über seinem Studenten steht, der nichts weiß, aber sehr wißbegierig ist. »Gozer war bei den Sumerern eine sehr bedeutende Figur. Ebenfalls in Babylonien. Man kann das Wort schlecht übersetzen. Ich würde jedoch sagen, es bedeutet großer Mann.«

»Alles klar.« Dana lächelte. »Nur frage ich mich, wie Gozer oder Zuul in meinen Eisschrank gekommen ist?«

Peter verzog das Gesicht. »Sie zerstören auch jede Andacht. Seien Sie doch nicht so profan.«

»Ich denke eben realistisch. Wie kam er in meinen Eisschrank?«

Venkman fuhr sich übers Kinn und legte die Stirn in dicke Dackelfalten. »Daran, meine Liebe, arbeite ich noch.«

Dana verdrehte die Augen und seufzte. »Wie lange wollen Sie denn daran noch arbeiten?«

»Sie wissen ja, wir stecken im Streß, haben unsere Probleme, alles braucht seine Zeit.«

»Und Sie müssen damit leben, Dr. Venkman, daß Sie als berühmter Ghostbuster nicht in der Lage waren, Ihren ersten Fall zu lösen. Unwahrscheinlich finde ich das. Und nicht einmal zum Lachen, weil es mich persönlich betrifft.«

»Nehmen Sie es nicht so tragisch«, sagte Venkman. »Ich habe mir auch schon meine Gedanken gemacht und bin zu dem Entschluß gekommen, daß wir uns am Donnerstag treffen können, Abends, meine ich. Ich denke da an 21.00 Uhr. Wir könnten Informationen austauschen . . .«

»Welche Informationen, Doktor?«

»Ich schätze, daß ich dann weitergekommen bin. Ganz bestimmt sogar bin ich weitergekommen.«

Tut mir leid, Dr. Venkman. Aber am Donnerstag kann ich nicht. Ich . . . ich habe da zu tun.«

Venkman holte tief Luft. »Ich kann Ihre Gedanken lesen, Miß Barrett. Sie meinen vielleicht, daß bei mir hier oben unter der Schädelplatte etwas nicht stimmt. Ich bin permanent im Streß und genehmige mir hin und wieder einen freien Abend, den ich dann mit Leuten verbringe, die mich ablenken.«

Dana lachte laut auf.

Peter ließ ich nicht unterbrechen. »Stellen Sie sich nichts Falsches vor. Ich verbringe meine seltenen freien Abende normalerweise nicht mit Kunden. Bei Ihnen mache ich die berühmte Ausnahme.«

»Tatsächlich?«

»Genau.«

»Und was ist der Grund?«

Venkman schaute zu Boden. Er schritt einmal einen kleinen Kreis ab, sah den Violinisten noch immer warten und hatte endlich seine Antwort gefunden. »Ich achte Sie, Miß Barrett. Ich achte und respektiere Sie als große Künstlerin. Es hört sich zwar schnulzig oder sentimental an, ist aber so. Außerdem mag ich Ihre ganze Art und auch, wie Sie sich kleiden. Auch was Sie heute anhaben, ist wieder fabelhaft. Ein tolles Ensemble, hervorragende Zusammenstellung. Kompliment.«

Dana war schon fast überredet, auch wenn sie es nicht zugab. Sie konnte Komplimenten nicht widerstehen.

»Was halten Sie von meinem Vorschlag?«

»Überredet, Dr. Venkman.«

»Dann kann ich am Donnerstag kommen?«

»Ja.«

»Das ist stark, echt super. Ich bringe auch etwas mit!«

»Wollen Sie wissen, welche Blumen ich mag?«

Peter wurde ein wenig verlegen. »Daran hatte ich primär nicht gedacht. Ich meinte ein Buch. Es ist der Roylance-Führer, ein Leitfaden für Geister und Gespenster. Den werden wir gemeinsam durchackern. Danach können wir uns unterhalten und auch etwas essen.«

»Verstehe.«

Dana lächelte hintergründig, während ihre Augen einen gewissen Schleier bekamen, den Venkman schon öfter bei Frauen gesehen hatte, denen er nicht gleichgültig war.

Dem Musiker war es zu bunt geworden. Dana hatte noch etwas zu Peter sagen wollen, als sie seine Schritte vernahm und sich umdrehte.

»Was ist denn?«

Ihr Kollege blieb stehen. »Sag mal, Dana, wer ist das

eigentlich, mit dem du dich so lange unterhältst? Was hast du mit dem Ghostbuster zu tun?«

»Nur ein Freund.«

Mißtrauen überzog das Gesicht des Mannes wie ein düsterer Schatten. »Wirklich nur ein Freund?«

»Ja, sogar ein alter Freund.«

Venkman mischte sich in den Dialog ein. »Ich sehe Sie dann am Donnerstag, Dana.« Er wandte sich an den Violinisten. »Tut mir leid, daß ich nicht dazu gekommen bin, Sie näher kennenlernen, Sir. Ich glaube auch, daß Sie sich jetzt wieder besser fühlen. Sie sehen nicht mehr so bleich und zombiehaft aus. Trotzdem Sie sind noch immer zu blaß, lassen Sie sich das gesagt sein. Ein wenig Sonne täte Ihnen gut. Denken Sie daran, nur etwas Sonne.«

Venkman winkte und ging davon.

Der Musiker schaute ihm kopfschüttelnd nach, bevor er sich wieder an Dana wandte. »Wo hast du denn den aufgetrieben?«

»Ich sagte doch, ein alter Freund.«

»He, verstehe ich nicht. Ich weiß ja, was er macht. Aber was ist er wirklich von Beruf?«

»Wissenschaftler, mein Lieber, Wissenschaftler . . .«

Winston Zeddemoore stand mit offenem Mund da und staunte wie ein kleines Kind am Gabentisch. »Das ist ja kaum zu fassen. Unwahrscheinlich.« Er fuhr durch sein dunkles Kraushaar. »Irre gut. So hätte ich mir das nicht vorgestellt.«

»Ja, wir sind auch stolz darauf«, erklärte Ray Stantz.

Der Schwarze schlich durch den unterirdischen Raum. Obwohl weder er noch Ray sprachen, waren Stimmen zu vernehmen. Ein Murmeln, manchmal auch ein Zischen, dann ein leises, fast böses Flüstern und ein geheimnisvolles Raunen.

Winston bekam eine Gänsehaut.

»Hast du es gehört?« fragte Stantz.

»Ja . . . das habe ich!«

»Es sind die Geister«, erklärte Ray. »Die gefangenen Geister. Sie sind ja nicht tot, sondern nur eingesperrt.«

»Können sie nicht raus?«

»Nein, Mann, nur wenn wir es wollen. Außerdem sind die Gefängnisse elektronisch abgesichert.«

Winston Zeddemoore nickte bedächtig. »So ist das also!« sagte er heiser. »So ist das . . .« Er schaute sich wieder um, und sein Blick fiel auf den knallroten Kasten, der in etwa die Ausmaße eines Getränkeautomaten besaß. »Das ist also eure berühmte Geisterfalle, in der ihr sie alle eingeschlossen habt.«

»Jawohl, mein Lieber. All die Dämpfe, die Schleimer, die Einheiten, die Psychos, wie wir sie nennen.«

»Toll . . .« Der Schwarze trat näher an den Kasten heran. Einen halben Schritt davor stoppte er, während sein Blick schon fast ehrfurchtsvoll über die roten und grünen Lichtleisten, die Knöpfe und Hebel glitt. »Und wie funktioniert das alles?« erkundigte er sich.

»Das ist ganz einfach. Wir lösen die Sicherung.« Stantz faßte einen Hebel an, drückte ihn aber nicht nach unten. »Dann ist das große Gefängnis offen, und aus der kleinen Geisterfalle, die wir immer mitnehmen, kippen wir den Geist hinein. Danach sofort wieder zuklappen, Sperre arretieren, das ist alles.«

»Einfach genial.«

»Ja, Winston, das hast du schön gesagt: einfach und genial. Wir sind die Größten, und du bist jetzt bei uns.«

»Ist das wirklich so einfach, oder gibt es noch eine andere Erklärung?«

»Wie meinst du?«

»Eine wissenschaftliche.«

»Ja, die gibt es auch. Willst du sie hören?«

»Wenn sie nicht zu schwierig ist.«

»Sie kann nicht schwierig sein, denn ich habe sie auch verstanden. Oder fast. Wenn wir das System gesperrt haben, muß das elektromagnetische Feld, das die Geister hält, neutralisiert werden. Man erkennt das daran, daß ein grünes Licht aufleuchtet. Und dann ist der Geist eingesperrt.«

»Aha.«

»Kapiert?«

»Kaum«, gab Winston zu. »Wichtig ist doch nur, daß die Sache auch funktioniert.«

»Das wird sie. Darauf kannst du dich verlassen.«

Der Schwarze stand noch immer dicht am Apparat. Er beugte sich vor und legte das rechte Ohr an das Metall. »Es vibriert«, sagte er ehrfürchtig.

»Ja, die sind auch gefangen und ärgern sich.«

»Ich höre die Stimmen.« Winston zuckte wieder zurück. »Da hat sogar einer wütend geschrien.« Er bekam eine Gänsehaut, als er an die nächste Frage dachte. Dann sprach er sie aus. »Stell dir mal vor, Ray, die Geister kommen frei. Was wird dann geschehen?«

Stantz wurde bleich. »Das wünsche dir nicht. Dann erlebt New York ein Chaos. Ihre Rache wird gnadenlos sein. Das kann man schon fast mit einer nuklearen Katastrophe vergleichen.«

»So schlimm?«

»Noch schlimmer . . .«

Als Venkman das Haus betrat, wurde er bereits von Janine sehnsüchtig erwartet. Ihr Gesicht zeigte starke Zeichen von Erschöpfung. Dunkle Ringe lagen wie eingravierte Halbkreise unter ihren Augen.

»Gut, daß Sie kommen, Dr. Venkman. Da ist ein Mann vom Umweltschutzamt, der Sie sprechen will. Er wartet in Ihrem Büro.«

Venkman blieb stehen, krauste die Stirn und schüttelte den Kopf. »Umweltschutzamt? Was will der denn hier?«

»Ich weiß es nicht.« Janine schüttelte den Kopf. Sie wirkte regelrecht erschöpft. »Ich weiß nur, daß ich über zwei Wochen ohne Unterbrechung gearbeitet habe und daß Sie versprochen haben, mehr Personal einzustellen.«

Venkman wurde bissig. »Janine, jemand mit Ihrer Qualifikation würde keine Mühe haben, einen erstklassigen Job als Kellnerin in einer Imbißbude zu bekommen, oder auch in der Haushaltsbranche.« Er blieb neben dem Schreibtisch stehen. »Werden Sie mir darauf eine Antwort geben?«

»Natürlich. Ich habe schon besser bezahlte Stellungen gekündigt als diese hier.«

»Aber Sie werden nicht wieder mit so netten Leuten zusammenkommen, Janine. Überlegen Sie es sich.«

Venkman ging weiter und betrat sein Büro, in dem der Besucher wartete. Bevor noch ein Wort gesprochen wurde, schaute sich Peter den Mann an. Ein typischer Beamter. So trocken, daß man ihn in einem heißen Sommer in der Pfeife rauchen konnte. Mit dem war bestimmt kein vernünftiges Wort zu reden.

»Ich bin Ghostbuster«, sagte Peter Venkman lässig. »Kann ich Ihnen behilflich sein?«

Der Mann straffte sich, während sich Venkman hinsetzte. »Mein Name ist Walter Peck. Ich komme vom Umweltschutzamt. Dritter Bezirk.«

»Wie schön für Sie, Mr. Peck. Und was läuft da so alles?«

Peck blieb seiner Sturheit treu. »Sind Sie Peter Venkman?«

»Ja, richtig. Ich bin . . . Dr. Venkman.«

»So? Doktor?« Das schien den anderen ein wenig aus der Fassung gebracht zu haben. »Worin genau haben Sie einen Doktor?«

Peter hob die Schultern. »Ich habe in Psychologie und Parapsychologie promoviert.«

»Verstehe. Und jetzt fangen Sie Geister.«

»Das könnte man sagen.«

Peck hob den Finger. »Mich würde einmal interessieren, wie viele Geister Sie schon gefangen haben.«

»Das darf ich Ihnen nicht sagen.«

»Gut, wie Sie wollen. Und wohin bringen Sie die Geister, wenn Sie sie gefangen haben?«

»In ein eigens für die Geisterhaltung eingerichtetes Lager.«

»Und dieses Lager befindet sich möglicherweise auf diesem Grundstück, nicht wahr?«

»Ja, Sie Schlauberger.«

Peck schaute Venkman direkt an. »Kann ich dieses Lager einmal sehen?«

»Nein.«

Nach dieser knappen, aber sehr deutlichen Antwort zuckt der Mann vom Umweltschutzamt zusammen. »Warum nicht, Dr. Venkman?«

»Weil Sie das gewisse Zauberwort nicht benutzt haben.«

Peck schüttelte den Kopf.

»Ich . . . ich verstehe nicht. Was meinen Sie mit ›Zauberwort‹? Sind wir hier in einem Märchen oder mitten in Manhattan?«

Venkman sprach den nächsten Satz sehr langsam und auch sehr deutlich aus. »Das Zauberwort lautet *bitte.*«

Peck verdrehte die Augen und schüttelte den Kopf. »Sie sind aber empfindlich.«

»Ist meine Art.«

»Okay, Dr. Venkman. Darf ich dann *bitte* Ihr Lager für gefangene Geister einmal sehen?«

»Möglich.«

»Was haben Sie denn jetzt schon wieder? Soll ich doppelt bitte sagen?«

»Nein, aber ich will den Grund wissen.«

»Weil ich neugierig bin.«

»Das sind viele. Wo kämen wir denn hin, wenn ich jedem Neugierigen unsere Errungenschaften zeige?«

»Immerhin bin ich nicht irgendwer.«

»Das stimmt, Sie sind nicht irgendwer. Ich hätte Sie niemals hergebeten. Jetzt sagen Sie den wahren Grund, Mr. Peck. Meine Zeit ist verdammt begrenzt. Ich muß mein Geld durch eigene Leistung verdienen und werde nicht von Steuern bezahlt.«

Peck wurde rot. Aber er schluckte die beleidigenden Sätze.

»Uns ist einiges zu Ohren gekommen, Dr. Venkman. In den Medien hat man wilde Geschichten über die Ghostbusters berichtet. Auch Ihre Werbespots haben unser Mißtrauen genährt.«

»Dann müßten Sie auch bei Cornflakes mißtrauisch werden. Dafür wird auch viel Werbung gemacht.«

Peck ließ sich nicht beirren. »Wir möchten Ihr Unternehmen auf eine mögliche Umweltverschmutzung hin abschätzen. Oder sagen wir besser Umweltbeeinflussung.«

»Das müssen Sie mir erklären.«

»Ganz einfach, Dr. Venkman. Gerade Sie als Wissenschaftler werden es begreifen. Es könnten ja möglicherweise schädliche Chemie-Abfälle in Ihrem Keller lagern. Das ist nicht auszuschließen. Mein Vorschlag zur Güte. Entweder zeigen Sie mir, was sich da befindet, oder ich komme mit einem Gerichtsbeschluß zurück.«

»Sie linke Wehe.«

Peck wurde noch blasser. »Wollen Sie kooperieren oder nicht?«

»Hauen Sie ab, Mann, und besorgen Sie sich einen Gerichtsbeschluß. Anschließend verklage ich Sie wegen Verleumdung, und das kann Sie sehr teuer kommen.«

Peck nickte und setzte sich in Bewegung. Grußlos schritt er an Venkman vorbei. Der Ghostbuster hätte ihn am liebsten in den Hintern getreten. Er beherrschte sich.

An der Tür drehte sich Peck noch einmal um. »Wir sehen uns wieder, Dr. Venkman«, drohte er, »ganz bestimmt sogar . . .«

Egon Spengler zog ein sehr besorgtes Gesicht. Vor dem großen Fangkasten schritt er auf und ab. Dabei zog er die Mundwinkel nach unten und nickte ein paarmal.

»Was hast du?« fragte Stantz.

»Ich mache mir wirkliche Sorgen, Ray.« Mit der Fingerspitze tippte Egon gegen das rote Metall. »Es wird mittlerweile eng darin. Wir haben zu viele gefangen.«

»Und deshalb bist du . . .«

Spengler schüttelte den Kopf. »Deshalb nicht. Ich habe mich in letzter Zeit mit meinem Computer beschäftigt und ein neues Programm erstellt. Alle Daten deuten auf ein unheimliches großes Ereignis hin, das sich am Horizont abzeichnet.«

»Was meinst du mit groß?« fragte Winston.

Spengler deutete einen Kreis an. »Denkt euch, das wäre ein gewaltiger Kuchen. Und dieses Stück repräsentiert die normale psychokinetische Energie in der New Yorker Gegend. Wenn ich alle Daten zusammenfasse, kann ich das Stück Kuchen lokalisieren. Es hat dann eine Länge von 35 Fuß (ca. 11 m) und schätzungsweise 600 Pfund Gewicht.«

Stantz hüstelte und grinste dabei.

»Das wäre ein verdammt großer Kuchen«, meinte Winston.

»Ja, und wir würden darauf stehen. Aber direkt am Rande eines vierfältigen Kreuzrisses, eines psychokinetischen Energieanstiegs von unglaublichen Ausmaßen.«

»Wäre das die Wolke?« fragte Ray.

»So ist es.«

»Da kann man ja Angst bekommen«, meinte Winston.

»Wir sollten uns auf jeden Fall darauf einstellen«, erklärte Spengler. »Durch unsere Aktivitäten müssen wir etwas geweckt haben, das schon lange darauf wartet.«

Peter Venkman kam zu ihnen, setzte sich und schaute sie der Reihe nach an. »Wir hatten gerade Besuch«, erklärte er.

»Wer war es?«

»Ein Typ vom Umweltschutzamt!«

»Na und?« fragte Ray Stantz.

»Er will uns Ärger machen.«

»Kann er das denn?« fragte Winston.

»Möglich.« Peter wechselte das Thema. »Wie sieht es mit der Falle aus? Hält sie noch?«

Spengler nickte. »Wie du schon sagtest – noch. Aber es sieht nicht besonders gut aus.«

»Erzähl ihm doch was von dem Kuchen«, schlug Winston vor.

»Wieso?« fragte Venkman. »Wo gibt es Kuchen?«

Dana Barrett hörte den Partylärm bereits im Aufzug. Die Stimmen, das typische Lachen . . . beides wurde lauter, als sie die Lifttür aufstieß und den Flur betrat.

Und dort stand Louis.

Er sah ziemlich mitgenommen aus. Neben seiner offenen Wohnungstür lehnte er an der Wand und hatte ein Bein angewinkelt. Schweiß glänzte auf seiner Stirn. Die Brille hatte er abgenommen, hielt sie am Bügel in der rechten Hand und schaukelte sie hin und her.

Als er die Umrisse der Musikerin sah, setzte er die Brille rasch wieder auf. »Ach, du bist es, Dana.« Er lachte breit.

»Hi, Louis.«

»Mensch, finde ich irre, daß du da bist. Du mußt unbedingt reinkommen. Ist 'ne Riesenparty.« Er holte Luft. »Echt klassisch.«

Dana blieb stehen. Sie lächelte Louis an. »Ich würde gern, weißt du. Aber heute ist Donnerstag.« Sie zuckte die Schultern. »Sorry, aber ich erwarte Besuch.«

»Du hast dich verabredet?« Louis war erstaunt. »Heute abend?«

Dana geriet bei der Antwort ein wenig ins Stottern. »Tut mir leid, Louis. Echt . . . ich . . . ich . . . habe es total verschwitzt . . . das mit deiner Einladung, meine ich.«

Louis war ein fabelhafter Typ. Er hatte für jedes Problem eine Lösung. »Das macht doch nichts. Du kannst deinen Besuch mitbringen. Ich würde mich freuen, die anderen auch. Auf einen mehr oder weniger kommt es nicht an.«

Dana nickte. »Das ist die Idee. Vielleicht schauen wir mal rein. Wäre nicht schlecht, ein bißchen Abwechslung.«

Louis rieb seine Hände. »Fein. Ich werde den anderen Bescheid sagen, daß ihr kommt. Dann können wir ein paar Gesellschaftsspiele machen. Anschließend tanzen wir Breakdance!« Louis klatschte in die Hände und begann damit, sich zuckend zu bewegen, als wäre er ein Roboter.

»Louis, du hast Ideen!« lobte Dana ihren Flurnachbarn. »So etwas wie dich findet man selten.«

»Hat meine Mutter auch immer gesagt.«

»Bis später vielleicht.« Dana ging zu ihrer Wohnung, schloß auf. Noch immer dachte sie an Louis. Es tat ihr leid, daß sie seine Party vergessen hatte, aber daran konnte sie nichts mehr ändern. Sie freute sich auf Peter Venkman. Irgendwie fand sie den Mann interessant, trotz seiner seltsamen Spielereien. Er war ein Typ, der ihr gefiel. Zudem wollte sie endlich in Erfahrung bringen, was sich in ihrer Wohnung ereignet hatte. Die Ghostbusters standen nicht mehr am Beginn. Sie hatten inzwischen Erfahrung gewonnen. Wenn Venkman es jetzt nicht schaffte, dem Geist auf die Spur zu kommen, dann würde er es nie schaffen.

Sie ging in den Wohnraum. Eigentlich hatte sie noch Zeit. Das Essen war fertig, sie hatte es vorbereitet und würde es warmstellen, wenn Venkman eintraf.

Noch eine gute halbe Stunde blieb ihr bis zum verabredeten Treffen. Da konnte sie noch einen Telefonanruf hinter sich bringen, den sie sich schon lange vorgenommen hatte.

Es war praktisch eine feste Regel, daß sie mindestens einmal in zwei Wochen ihre Mutter anrief, und der nächste Anruf war längst überfällig. Von den unheimlichen Vorfällen hatte sie ihrer Mutter nichts erzählt.

Dana stand nahe am Fenster und schaute hinaus. Es war längst dunkel geworden. Über New York lag ein seltsamer Himmel; graue Wolken, an verschiedenen Stellen eingerissen von hellen Streifen.

Manchmal schob sich auch eine dicke, tintige Schwärze wie ein lange, breite Zunge in das Grau hinein. Es war absolut windstill. Plötzlich mußte Dana an die Redensart von der Ruhe vor dem Sturm denken.

Etwas Kaltes huschte über ihren Rücken. Dana fühlte sich schlecht, sie wurde nervös, sogar Herzklopfen hatte sie bekommen. Sie hatte keine Ahnung, was den plötzlichen Stimmungsumschwung herbeigeführt hatte, den ganzen Tag hatte sie sich auf Dr. Peter Venkman gefreut.

Etwas lauerte . . .

Hastig, als würde jemand hinter ihr stehen, drehte sie sich um, aber da war nichts.

Außer ihr befand sich niemand in der Wohnung . . .

Etwas Helles huschte plötzlich schräg über den Himmel, stieß wie ein spitzer Pfeil in die Wolkendecke und riß sie auf. Der Blitz blendete Dana, obwohl sie nicht direkt hineinschaute.

Es folgte kein Donner.

Die Ruhe blieb . . .

Dana schluckte ein paarmal. Sie schaute auf ihre Handflächen und stellte fest, daß sie feucht waren. Was war mit ihr los?

Hing ihre Unruhe, ihre Gereiztheit mit Venkmans Besuch zusammen? Oder vielleicht mit dem, was in der Wohnung lauerte und sich einfach nicht vertreiben lassen wollte?

Möglich war alles . . .

Sie überlegte, ob sie nicht noch eine Dusche nehmen sollte, dann fiel ihr ein, daß der Anruf wichtiger war, da die Mutter sehnsüchtig darauf warten würde.

Dana ließ sich in ihren Lieblingssessel fallen, nahm den Telefonapparat und stellte ihn auf ihren Schoß.

Wie immer, wenn sie allein war, hatte sie nur zwei Lampen eingeschaltet, die die Wohnung in ein weiches, gemütliches Licht tauchten.

Die Tür zur Küche hatte sie geschlossen. Dort brannte auch kein Licht. Woher kam nur das Gefühl, das sie übermannte? Wieder kam es Dana so vor, nicht allein in der Wohnung zu sein.

Ihre Hand, die schon die Nummer der Mutter wählen wollte, hielt in der Bewegung inne. Plötzlich traute sie sich nicht mehr, sie stand auf, öffnete die Küchentür, blickte hinein, sah aber nichts.

»Allmählich mache ich mich selbst verrückt«, murmelte sie, nahm wieder Platz und wählte.

Ihre Mutter meldete sich sehr schnell.

»Hi, Mum, Dana hier.«

»Oh, daß du auch noch mal anrufst.« Die Stimme klang ein wenig beleidigt.

»Du entschuldige, aber es ging nicht eher.«

»Ist etwas nicht in Ordnung?«

»Doch, doch, bei mir ist alles klar, wunderbar sogar. Alles in Ordnung . . .«

»Weshalb redest du dann so hektisch?«

»Ich erwarte noch Besuch. Ein sehr netter Mann. Ein Doktor, Psychologe. Wir werden interessante Gespräche miteinander führen . . .«

»Kenne ich ihn?«

»Nein, nicht.«

»Dann gib nur auf dich acht, Dana, du weißt ja . . .« Sie hörte kaum zu, was ihre Mutter sagte, denn von ihrem Platz aus konnte sie auf die Küchentür schauen.

War es vor Minuten dahinter noch dunkel gewesen, so hatte es sich jetzt verändert.

Licht schimmerte durch die Ritzen . . .

Weißlich gelb. Kalt und irgendwie geheimnisvoll. Unheimlich.

Dana spürte, daß sich in ihrem Körper alles versteifte. Sie hatte ihre Mutter vergessen, obwohl sie den Hörer noch ans Ohr gepreßt hielt.

Angst kam . . .

Sie schlich durch ihren Körper wie ein furchtbares Gift.

»Dana, Dana, hörst du mich?«

Dana atmete tief ein. Nur nichts anmerken lassen!

Mutter nicht beunruhigen. »Ja, Mutter, ich bin da! Es ist alles in Ordnung.«

»Ich dachte schon, du wärst eingeschlafen. Dieser Psychologe, von dem du erzählt hast, was ist das für einer?«

Die Musikerin wußte, daß ihre Mutter doch keine Ruhe geben würde, deshalb bekam sie ihre Antwort. »Er ist ein netter Kerl. Du wirst ihn doch kennen – vom Fernsehen.«

»Wie?«

»Er gehört zu den Ghostbusters.«

Einen Moment war ihre Mutter sprachlos. So etwas hatte Dana selten bei ihr erlebt.

»Bist du noch da, Mum?«

»Ja, aber wie ist das möglich? Wie kommst du denn an den?«

Jetzt wurde es kritisch. Dana hatte schon zuviel gesagt. Sie kannte die Neugierde ihrer Mutter. »Weißt du, Mum, ich erzähl es dir später. Im Moment paßt es mir nicht. Ich muß noch nach dem Essen schauen, es brennt sonst an.« Bevor ihre Mutter noch eine Gegenfrage stellen konnte, sagte sie schnell: »Grüße Daddy von mir.« Dann legte sie auf.

Geschafft!

Sie wischte über ihre Stirn, stellte den Apparat neben sich und wollte aufstehen. Da geschah es.

Das helle Licht, das durch die Bodenritze der Küchentür fiel, war noch intensiver geworden.

Wie im Kühlschrank, als Zuul dort gesessen hatte!

Der Geist war da!

Dana zweifelte nicht mehr. Sie brauchte sich nur die Küchentür mit dem hellen Rand anzusehen, um Bescheid zu wissen. Es sah so aus, als bewegte sich die Tür.

Dana zitterte vor Furcht. Und sie sah nur eine Chance, dem Unheimlichen zu entrinnen.

Weg von hier, fort aus dieser verfluchten Wohnung!

Dana wollte hoch, doch das andere, das Unheimliche hatte längst ein Netz um sie gelegt.

Urplötzlich schlug es zu.

Die Hände waren wie die Tentakel einer Krake. Giftgrün, schleimig, schnell und zielsicher. Dana war nicht in der Lage, sich zu rühren. Sie glaubte, ihr Herz müßte stillstehen.

Die Hände schossen aus den Sessellehnen.

Stoffetzen und ein Teil der Füllung wirbelten ihr entgegen, während sich die giftgrünen Hände wie Klammern um ihre Arme legten und Dana eisern festhielten.

Kein Entrinnen mehr!

Das Mädchen war nicht einmal fähig zu schreien. Dana hockte da, dachte an Peter Venkman und fragte sich, weshalb er nicht gekommen war. Verrückte Gedanken schossen ihr durch den Kopf, Gedanken, die radikal von den folgenden Ereignissen unterbrochen wurden.

Der Sessel bekam einen Stoß.

Der Stoß war so hart, daß Dana aufschrie. Sie rutschte nach hinten, ihre Beine schleuderten hoch in die Luft, bevor die Gegenbewegung einsetzte und sie mit den Füßen hart auf den Boden aufsetzte.

Einen Lidschlag später setzte sich der Sessel in Bewegung. Dana kam sich vor wie in einem Auto-Scooter. Obwohl sie niemand sah, wurde der Sessel ruckartig geschoben.

Er wirbelte einmal durch das Zimmer, drehte sich um die eigene Achse und bekam die Richtung, daß Dana direkt auf die Küchentür schauen konnte, hinter der sich das grelle Licht verbarg.

Dort sollte sie hinein!

Mit einem hämmernden Schlag flog die Tür auf. Das blanke Entsetzen packte Dana, als sie in die gleißende Helligkeit schaute.

Da wartete Zuul!

Sie schrie und schrie!

Wie ein Geschoß raste der Sessel mit der schreckensstarren und schreienden Dana durch die Tür, hinein in die Hölle aus Grauen, Entsetzen und blendendem Licht.

Eine unfaßbare Magie verschluckte Dana wie ein gieriges Maul . . .

Es war von Louis Tully eine verrückte Idee gewesen, die Party zu geben. Und ebenso verrückt waren die Gäste – seine Klienten. Keine, die Dollars scheffelten, nein, sie gehörten zum etwas ausgeflippten Mittelstand, der sich den Hang zur Originalität bewahrt hatte.

Louis war happy. Fetziger Rock erfüllte die Räume seiner Wohnung. Noch reichte die Musik, um seine Gäste anzumachen. Später würde es schwieriger werden. Da wollten sie bestimmt Drogen. Louis überlegte, ob er genug hatte. Wohl kaum . . .

Ein irres Völkchen. Bunt gemischt. Manche wirkten steif in ihren Anzügen, andere gaben sich sehr locker, auch was die Kleidung anbetraf. Bei einer Frau mit einer rothaarigen Mähne sah Louis hin und wieder einen Busen vorwitzig aus dem Ausschnitt hüpfen, jedesmal lachte die Frau girrend auf, wenn sie es bemerkte.

Louis tänzelte in den Wohnraum. Er drückte sich an den Paaren vorbei, hörte hin und wieder ein Lob wie »irre Party« oder »heißes Fest, Louis«, dann begann er zu lächeln. Es tat ihm gut.

In der Tür zum Wohnraum blieb er stehen. Ein paarmal klatschte er in die Hände. Anders konnte er sich nicht Gehör verschaffen.

Ein paar schauten zu ihm, tanzten aber weiter. »Ich will euch etwas sagen, Freunde. He, hört zu!«

Sie tanzten weiter.

»He, hört doch mal. Gleich kommen zwei Gäste. Tolles Paar, ehrlich.« Louis Tully stellte sich auf die Zehenspitzen. »Das sind Dana und ihr Freund. Ein heißer Typ.«

»Klasse, Louis«, sagte eine kleine Brünette, die leicht angetörnt war. Sie tanzte selbstvergessen und hatte mit Sicherheit nicht verstanden, was Louis gesagt hatte.

Louis hob die Schultern. Da war nichts zu machen. Die Gäste hatten sich einfach zu sehr aufgeheizt. Okay, sollten sie. Eine große Frau schob sich an den Tanzenden vorbei. Sie schwitzte stark, das Gesicht war gerötet. Ihr Kleid reichte bis zum Boden. Mit der rechten Hand strich sie Haarsträhnen aus dem Gesicht. »Louis, einen Moment, bitte . . .«

»Ja, was ist?«

»Hast du zufällig Exedrin im Haus oder so etwas?«

»Louis verdrehte die Augen. »Nein, aber komm doch mit. Iß was. Das hilft bestimmt.«

Er faßte die Frau am Arm. Unter dem Kleid war die Haut warm. Louis führte sie hinaus in den Flur. »Da ist das Büfett.«

»Sieht gut aus.«

Louis deutete auf die aufgebauten Speisen. »Schmeckt auch phantastisch. Ich habe an nichts gespart. Sogar echter Räucherlachs aus Kanada ist dabei. Echter Lachs. Fast fünfundzwanzig Dollar das Pfund.«

»So teuer?«

»Für mich nicht.« Louis lachte. »Ich habe meine Beziehungen, verstehst du? Mich hat es nur vierzehn Dollar gekostet.«

Die Frau nahm den Teller. »Wie ist das möglich?«

»Wenn ich es von der Steuer absetze, kostet es mich

nur zwölf Dollar. Das sind Werbungsspesen. Deshalb habe ich auch nur Kunden eingeladen. So kann ich alles von der Steuer absetzen.«

»Ein toller Gedanke.«

»Bedienen dich bitte. Wenn die anderen erst mal zuschlagen, ist vielleicht alles weg.«

»Louis, du bist ein Schatz. Du sorgst für mich wie ein Vater.«

Louis Tully drehte sich um und schaute einem Mann zu, der mit rhythmischen Bewegungen tanzte und das Gesicht verzerrte, als hätte er eine Blinddarmreizung.

»Amüsierst du dich gut, Marvin?«

»Klar doch. Heiße Party.«

»Wird vielleicht noch heißer.« Louis kniff ein Augen zu und deutete mit dem Kopf in die Runde. »Tolle Frauen hier. Stehen alle stramm im Slip.« Er begann zu lachen, faßte Marvin an und zog ihn ebenfalls zum Büffett. »Ich habe hier etwas Besonderes für dich. Garantiert echter französischer Käse.«

»Was soll ich denn damit?«

»Dann nimm was anderes. Der Lachs ist klasse. Auch die Salate.«

»Danke, ich schaue mich um.«

»Fein, du bist ein echter Feinschmecker, das sehe ich dir an, Marvin.«

Tully verließ das Buffet, weil er sich um seine anderen Gäste kümmern wollte. Es tanzten nicht alle. Die meisten unterhielten sich. Sie saßen in Sesseln, auf der Couch oder auf dem Boden.

Eine blonde Frau lief Louis über den Weg. Sie war die mit den besten Brüsten. Weit schoben sie sich vor. Ihr Kindergesicht zeigte einen Schmollmund.

»Louis, ich will nach Hause.«

Tully zog ein enttäuschtes Gesicht. »Warum willst du gehen? Ist es zu langweilig?«

»Weiß nicht.«

Louis schielte auf den Busen. »Wenn wir beide anfangen zu tanzen, machen vielleicht alle mit.«

Die Blondine überlegte.

»Übrigens, ich bin heiß darauf, mit dir zu tanzen«, sagte Louis.

»Ha?« Sie sah ihn ein bißchen dümmlich an.

»Kannst du dir doch denken, weshalb.«

»Ach, du willst wohl, daß ich . . .«

»Genau das«, sagte Louis, trat einen Schritt zurück und streckte den Arm. »Bleib so stehen, bleib so stehen, beweg dich nicht. Es hat geklingelt. Ich muß die Tür aufmachen.«

»Aber nicht zu lange.«

»Wirklich nicht. Ich kann sie ja nicht draußen stehenlassen.« Louis drängte sich an den Gästen vorbei, lief durch die Diele und zog die rasch auf. »Ted und Anette! Wie schön.«

»Hi«, sagte die Frau und lächelte breit.

»Hi, Louis.« Teds Stimme klang rauh, als hätte er schon einiges getrunken.

Louis gab den Weg frei. »Ich bin froh, daß ihr kommen konntet. Wie geht es euch denn? Gebt mir eure Mäntel.«

Er warf sie in einen Nebenraum, genau auf den Schädel eines Monsters mit glühenden Augen. Das sah Louis nicht . . .

»Ist ja schon was los, nicht?« fragte Ted.

»Und wie.« Er grinste. »Tolle Stimmung. Hätte ich nicht gedacht, daß es so gut läuft. Kommt mit, ich stelle euch den anderen vor.« Louis hakte die beiden unter. Sie wollten ins Wohnzimmer, kamen aber nicht weiter, weil tanzende Paare ihnen den Weg versperrten. »He, hört her!« Louis mußte schreien. »das sind Ted und Anette Fleming.«

Anette hob den Arm. »Hi, Leute, wie geht es euch?«

»Willkommen.«

»Grüß euch.«

»Könnt direkt einsteigen.«

»Wird 'ne heiße Fete.«

Louis hob beide Hände und winkte. »Augenblick mal, Freunde. Ich muß euch noch etwas erklären. Die beiden sind echt stark. Ted besitzt ein Geschäft zum Reinigen von Teppichen. Steht kurz vor dem Konkurs. Aber warum hat er mich als Steuerberater? Wir werden das Ding schon schaukeln!«

»Ja, Louis, du schaukelst gut!« rief jemand und alle lachten.

Ted und Anette mischten sich schon bald unter die anderen Gäste. Louis war zufrieden mit seiner Party. Bis auf Dana und ihren Freund waren alle da. Eigentlich könnte man mit den Spielchen beginnen.

»He, hört noch mal her!« rief Louis und begann zu klatschen. »Los, Ruhe, ich muß euch etwas sagen.«

Die Gäste verstummten. Nur mehr undeutliches Gemurmel war zu hören. »Nur tanzen ist langweilig. Was haltet ihr davon, einige Spielchen zu machen?«

»Und was?« rief die Blonde mit den großen Brüsten.

»Ich dachte an Pfänderspiele.«

Die meisten lachten, die Blonde kicherte. »Was soll ich denn dann abgeben?«

»Dein Kleidchen!« rief jemand, »ich möchte nämlich unbedingt mal deine prachtvollen Bälle sehen!«

Alle lachten, auch Louis. Die Blonde bekam einen roten Kopf.

Louis wedelte mit den Händen. »Ihr könnt es euch noch überlegen, Freunde.« Er drehte sich um, weil er Whisky aus der Küche holen wollte. Mitten in der Bewegung erstarrte er. Sein Mund öffnete sich, das Gesicht wurde fahl.

Vor ihm stand ein Montrum.

Es sah aus, als hätten sich ein Stier und ein Hund gekreuzt. Ein furchtbares Wesen mit rot glühenden

Augen, zwei krummen Hörnern und breiten Nüstern, aus denen Rauch quoll.

»Oh, Scheiße!« rief Louis. »Wer hat denn den Hund mitgebracht?«

Er drehte sich wieder um. Jetzt sahen auch die anderen das Tier. »Nein, das ist ein Bär!« rief jemand.

Sie konnten sich nicht einigen. Die Gäste, die weiter hinten nahe des Büfetts standen, mußten sich auf die Zehenspitzen stellen, um etwas zu sehen.

Der Mutant knurrte drohend.

Den Gästen waren die Witze vergangen. Jemand schrie spitz und grell. Es war die Blondine mit dem großen Busen. Ihr Gesicht verzerrte sich. Die Haut schien zu Pudding zu werden.

Louis, vom Schrecken fast gelähmt, stand dicht vor dem Monstertier. Er schaute direkt in die Augen hinein, roch den Brodem, den das Tier abgab und schüttelte sich.

Dann schrie auch er.

Die Blonde hörte auch nicht auf.

Ihrer beider Schreie hatten Signalwirkung.

»Hilfe, in meiner Wohnung läuft ein Bär herum! Hilfe!« Louis war wie von Sinnen. Er raufte sich die Haare, schüttelte den Kopf und war noch nie im Leben so schnell aus seiner Wohnung gerannt.

Zurück ließ er ein völliges Durcheinander. Auch die Gäste wurden verrückt. Sie brüllten, zitterten am ganzen Körper, klammerten sich aneinander. Es war der reine Horror.

Keiner nahm mehr Rücksicht auf den anderen. Jeder wollte so schnell wie möglich hinaus. Sie standen sich gegenseitig im Weg, schlugen um sich. Ein Mann verlor seine Brille.

Die Blonde mit dem großen Busen landete am Boden. Sie trampelte, verlor einen Schuh und kroch auf allen vieren weiter.

In das Schreien hinein dröhnten die fauchenden Laute des Monstrums. Wieder wälkte Dampf aus den Nüstern. Wie Schwefel sah er aus. Die Augen glühten noch stärker.

Höllenfeuer spiegelte sich darin.

Louis war schon im Flur. Noch immer schrie er. Er lief wie eine Marionette, bewegte die Arme schleuderartig. Irgendwo war der Lift. Er stoppte im letzten Augenblick. Jemand stieg aus.

Louis warf sich gegen den Mann, schleuderte ihn zur Seite. Zitternd schaute er auf die Tür, die sich schon geschlossen hatte. Der Lift raste nach unten. Louis »klebte« an der Wand. »Ein Bär!« flüsterte er. »Verdammt, in meiner Bude ist ein Bär . . . oh, welch ein Mist.« Er schlug die Hände gegen sein Gesicht. Die Brille verrutschte, es war ihm egal. Er hatte das Gefühl, vom Fieber geschüttelt zu werden.

Verrückt . . .

Der Lift stoppte.

Wie ein Betrunkener taumelte Louis über die Schwelle und in den Flur. Seine Stimme hallte durch die Eingangshalle. »In meiner Wohnung ist ein Bär!«

Der Portier wurde aufmerksam. Er stand dort mit einem anderen Bewohner, der sich erstaunt umdrehte. »Was hat der Knabe denn?«

Der Pförtner grinste breit. »In seiner Wohnung ist ein Bär.«

»Ja!« keifte Louis, blieb für einen Moment stehen und deutete auf seine verrutschte Brille. »Sogar mit glühenden Augen, Mann. Das ist kein Witz. Er ist da.«

Der Mann schüttelte den Kopf, der Portier tippte gegen seine Stirn.

»Ihr verfluchten Ignoranten!« Louis konnte nicht mehr. Er ließ die beiden stehen und hetzte auf die große Tür zu. Mit der Schulter rammte er sie auf. Kühle Luft traf ihn.

Für einen Moment nahm er sich die Zeit und schaute hoch in den grauschwarzen Himmel.

Dort zuckten Blitze. Sie spalteten die düsteren Wolken, zerrissen sie zu Fetzen.

Und Louis schrie.

Er brauchte Hilfe, aber er war nicht mehr in der Lage, klar und logisch zu denken. Nur weg von diesem verdammten Haus wollte er. Über die Straße führte sein Weg. Er lief im Zickzack, sah die Scheinwerfer der Wagen wie kleine, explodierende Sonnen. Reifen radierten über Asphalt, als die Fahrer hart bremsen mußten, um Louis nicht auf die Kühler zu nehmen.

Er tänzelte, sprang und schrie. Ein Bär war in seiner Wohnung, ein verdammter Bär mit glühenden Augen.

Irgendwann stolperte er durch ein Gebüsch. Vor sich sah er Licht. Hinter den Zweigen leuchtete es durch eine breite Scheibe. Es war nicht nur eine Scheibe, sondern die bis zum Boden reichende verglaste Front eines Restaurants.

Eine andere Welt.

Man saß dort und speiste.

Kerzen brannten auf den Tischen. Männer und Frauen in gepflegter Kleidung ließen sich verwöhnen. Ober eilten geschäftig hin und her. Alles geschah lautlos. Die Glaswand dämpfte jedes Geräusch.

Er wollte hinein, wandte sich nach links, stolperte über weiche Erde, riß Spuren in einen gepflegten Rasen und erreichte den verglasten Eingang.

Abgeschlossen.

»Verdammt, Mensch!« Er hämmerte mit den Fäusten gegen das Glas. »Macht doch auf, verflucht!«

Niemand kümmerte sich um ihn. Die Gäste aßen weiter. Lachs, Kaviar, die saftigsten Filets. Sie schnitten hinein, aßen genießerisch das Blut, das noch aus dem Gewebe lief.

Louis Tully gab nicht auf. »So helft mir doch, verflucht. Laßt mich rein. In meiner Wohnung . . .« Seine Stimme überschlug sich. Er hatte sich verausgabt und schlug nur noch schwach gegen das dicke Glas.

Er kam sich vor wie ein unter Stoff stehender Drummer. Seinen Oberkörper beugte er vor, preßte das Gesicht von außen gegen das Glas und drückte es zusammen.

Eine Frau, dick geschminkt und mit Gold behangen, grinste ihn an. Sie hob ihre Gabel. Auf den Zinken lag weißer Fisch, den sie genießerisch in ihren Mund schob.

»Du alte Pute!« brüllte Louis. »Du verdammte . . .« Seine Stimme erstickte. Trotz seiner Panik wußte er, daß er hier vergebens Hilfe suchte. Er taumelte zurück, geriet auf den Parkplatz. Dort standen die Wagen der Gäste. Der Lack schimmerte glänzend und geheimnisvoll. Die Fahrzeuge kamen Louis vor wie Gegenstände von einem anderen Stern.

Er schaute zum Himmel.

Graue Dunkelheit ballte sich zusammen. In der Ferne huschte Wetterleuchten über das Firmament. Es sah aus wie die fahle Szenerie einer Opernbühne.

Louis drehte sich um.

Das Fauchen war ganz nahe. Aus dem Gebüsch tauchte es auf. Der Hund, der Bär . . .

Die Augen glühten.

Louis begann zu wimmern.

Er sah die Schrecken, die er gleichzeitig empfand. Das war ein Gruß vom Teufel.

Plötzlich begann er zu lachen. Völlig unmotiviert. »Hundchen!« bibberte er. »Sei ein süßes Hundchen. Du darfst dem alten Louis nichts tun. Nein, wirklich nicht. Komm her zu mir. Komm zum lieben Louis. Vielleicht habe ich sogar noch einen Hundeknochen für dich . . .«

Ein drohendes Knurren schallte ihm entgegen.

»Keinen Hundeknochen?« Louis schüttelte den Kopf. Er riß die Arme weit in die Höhe.

Als er wieder anfing zu schreien, sprang der Hund ...

Die Sirene wimmerte. Sie jaulte auch noch, als der Streifenwagen vor dem Haus stoppte und die Polizisten aus dem Wagen sprangen. Vor dem Eingang hatte sich eine Menschentraube versammelt. Unter den Leuten befand sich auch Peter Venkman.

Er wollte Dana besuchen, war aufgehalten worden, sah jetzt die Polizisten und hörte die Stimmen.

Sie redeten alle durcheinander. Einer sprach von einem Stier, der andere von einem Bär, der dritte von einem Hund. Nur an die glühenden Augen konnten sich alle erinnern.

Die Polizisten schrien noch lauter. »Wollt ihr uns zum Narren halten mit euren Monstern?«

»Nein, nein!« rief eine Blonde mit großem Busen. Sie baute sich vor den Cops auf. »Ich bin sicher, ich habe es gesehen. Es war ein Bär oder so mit glühenden Augen.«

»Stehen Sie unter Drogen?«

»Mist, ich wollte, es wäre wahr.«

Peter Venkman wandte sich an einen Polizisten.

»Was ist passiert, Officer?«

Der Polizist lachte, hob die Schultern und gab Venkman seine Version der Antwort. »Irgendein Typ hat einen Puma, Panther oder Silberlöwen mit auf eine Party gebracht.«

»Ach so.« Venkman hob die Schultern. »Ja, manche Leute spinnen. Die werden immer verrückter.«

»Das können Sie laut sagen, Sir.«

»Na ja, ich werde mal nach oben gehen. Habe einen Besuch zu machen. Dana Barrett heißt die Dame.«

»Spielt die auch mit Pumas?«

»Klar, Officer, klar, aber mit zweibeinigen. Wenn ich in Form komme, bin ich ein Puma.«

Venkman ging, der Polizist wurde abgelenkt, weil einige Gäste sich nicht beruhigen konnten. Die lauten Stimmen vor dem Haus zogen immer mehr Neugierige an.

Ein zweiter Streifenwagen bremste mit quietschenden Reifen. Ein schwergewichtiger Polizist schrie nach dem Besitzer oder Mieter der Wohnung.

Die Blondine rief: »Er heißt Tully, Officer.«

»Ja, Tully«, sagten auch Ted und Anette.

Der Polizist schnappte sich einen der männlichen Gäste. »Ist das euer Tully?«

Der Mann wußte überhaupt nicht, wie ihm geschah. Er schüttelte den Kopf und öffnete den Mund, ohne etwas zu sagen.

»Nein, nein, der nicht«, rief eine Frau, die auch auf der Party gewesen war.

»Wer ist es denn?«

»Der ist abgehauen!« rief Marvin.

Und Ted fügte noch hinzu: »Einfach getürmt ist das Schwein!«

»Was sollen wir dann noch hier?« fragten die Polizisten.

Keiner gab ihnen eine Antwort.

Peter Venkman war nach oben gefahren. Er kannte den Weg, stieg aus dem Lift und wunderte sich darüber, daß einige Wohnungstüren offenstanden. Da fiel ihm der angebliche Puma, Löwe oder sonst irgendein Tier ein, und er lächelte.

Das Lächeln behielt er bei, als er bei Dana schellte. Sie

schien bereits auf seinen Besuch gewartet zu haben, denn sehr schnell öffnete sie die Tür.

»Hallo, da bin . . .«

Die weiteren Worte blieben Peter Venkman im Halse stecken, er starrte auf das Mädchen und wußte nicht, ob er träumte oder wach war.

Peter Venkman hatte sie immer wegen ihrer Kleidung bewundert, aber was sie jetzt trug, war schon eine Sünde wert.

Das Gewand bestand aus dünnen, hauchzarten Schleiern, die übereinanderlagen. Peter wußte nicht, wie viele Stoffbahnen sie genommen hatte, jedenfalls waren es nicht genug, denn unter dem Gewebe zeichnete sich deutlich die nackte Haut ab.

Eine Haut wie Samt. Weich, fast so fließend wie der Stoff, der sie badete.

Peter schaute auf den Busen.

Er war hoch angesetzt. Deutlich stachen die kleinen Warzen hervor.

Eine völlig andere Dana stand vor ihm. Das verrieten auch ihre Bewegungen. Sie waren langsam, wie im Zeitlupentempo kamen sie ihm vor, und das leise Seufzen, das über ihre blaß geschminkten Lippen drang, war die reinste Aufforderung.

»Überrascht?« hauchte sie. Es lag ein gewisses Timbre der Erwartung in ihrer Stimme.

»Ja, so kenne ich dich nicht.«

»Ich habe auf dich gewartet«, flüsterte Dana.

Peter lachte. »So wie du aussiehst, freue ich mich, daß ich es bin, den du erwartest.«

»Bist du der Schlüsselmeister?«

Venkman runzelte die Stirn. »Schlüsselmeister? Nicht, daß ich wüßte. Nein, der bin ich wohl nicht.«

Dana ließ sich nicht beirren. Sie strich mit den Fingerspitzen an der Türfüllung entlang. Peter hatte noch nie eine Frau erlebt, die eine so geballte Ladung an Erotik ausstrahlte. Tief atmete er ein und hörte abermals Danas schweres Seufzen.

»Bist du der Schlüsselmeister?«

Peter schluckte. Was sie nur mit ihrem verdammten Schlüsselmeister hatte. Wenn sie unbedingt wollte, sollte sie ihren Schlüsselmeister auch bekommen.

»Ja, und nein.« Er hatte sich rasch wieder anders entschieden. »Ich bin ein Freund von ihm. Er hat mir Bescheid gesagt, daß ich ihn treffen soll. Nur habe ich seinen Namen nicht richtig verstanden.«

»Dann komm rein.« Sie schwebte zur Seite, gab die Tür frei, und Peter betrat die Wohnung.

Er schloß die Tür. Sein Lächeln hatte er beibehalten, obwohl sich ein leichtes Magendrücken bei ihm bemerkbar machte. Er schob Danas Veränderung nicht mehr darauf zurück, daß sie scharf auf einen Mann war. Nein, da war etwas anderes geschehen.

»Wenn du ein Freund des Schlüsselmeisters bist, dann will ich dir meinen Namen sagen. Ich bin *Zuul!*«

Auch das noch! Peter hatte im ersten Impuls den Namen wiederholen wollen, ließ es aber bleiben. »Oh«, sagte er nur und stellte sich blitzschnell auf die neue Situation ein. »Was machen wir heute, Zuul?«

Dana trat dicht an ihn heran und streichelte mit den Händen von den Schultern abwärts über seine Arme. »Wir müssen uns für das Eintreffen von Gozer bereitmachen.«

Venkman nickte, während er in ihr Gesicht schaute, dessen Linien so seltsam weich wirkten, schon fast überirdisch. »Ja, Gozer«, wiederholte er. »Wer ist denn das?«

»Der Zerstörer!«

Peters Lächeln wirkte verkrampft. Er nahm ihre Hände. Warm fühlte sich die Haut an. Er spürte ihr Zittern. »Ich hatte mir vorgenommen, mit dir auszugehen. Sollen wir?«

Dana schüttelte den Kopf. »Nein, nicht jetzt. Laß uns ins Zimmer gehen, komm.«

»Wie du meinst.« Peter wurde in den Wohnraum geführt und blieb überrascht auf der Schwelle stehen.

So hatte er das Zimmer nicht in Erinnerung. Es herrschte das große Chaos. Nichts stand mehr an seinem Platz. Stühle lagen auf dem Boden, der Tisch war umgekippt, der Sessel stand quer, wie hingeschleudert. Auf dem Boden lagen umgestülpte Vasen. Die Tür zur Küche stand offen.

Er bewahrte nur mühsam die Fassung. »Ich finde es ja toll, daß du Gozer erwartest, Süße, aber die Unordnung gefällt mir nicht. Wäre es nicht besser, wenn du für deinen Besuch ein wenig aufräumst? Das macht doch sonst einen schlechten Eindruck.«

Dana hatte ihn nicht gehört oder wollte ihn nicht hören, denn sie ging nicht auf seine Worte ein. Beide Hände legte sie unter den Busen. »Möchtest du mich?« hauchte sie. Ihr verklärter Blick traf Peters Gesicht.

Venkman ging einen Schritt zurück. »Ist das ein Trick?« fragte er. »Willst du mich reinlegen?«

Dana atmete schwer. Das war ihre einzige Antwort.

»Habe ich so auf dich gewirkt, oder sind es die Rosen?« Venkman hielt ihr den Blumenstrauß hin, den er mitgebracht hatte.

Danas Atmen wurde schwerer. Die Laute flossen über ihre Lippen. »Nimm mich jetzt . . . jetzt . . . du untergeordnetes Geschöpf. Ich will dein sein. Zögere nicht länger.«

Venkman schüttelte den Kopf. »Ich denke gar nicht daran. Ich will zuerst hören, was hier geschehen ist.«

Wieder schien es so, als hätte Dana nichts gehört. Sie gab nur mehr seltsame Laute von sich, denn bei ihr veränderte sich das Atmen zu einem Stöhnen.

Und es klang eigenartig dumpf . . .

Bevor Venkman sich versah, hatte sich Dana schon in

Bewegung gesetzt und war an ihm vorbeigehuscht. Er wollte sie noch festhalten. Schattengleich mit wehender Kleidung sah er sie verschwinden, hörte ihre Schritte im Flur und das Öffnen einer Tür.

Die Wohnungstür war es nicht. Da kam eigentlich nur das Schlafzimmer in Frage.

Venkman hob die Schultern. »O Gott«, murmelte er, »das Weib ist wahnsinnig.« Er überlegte, was er unternehmen sollte und hörte aus dem anderen Zimmer das dumpfe Stöhnen.

»Dann werden wir uns die Sache mal anschauen«, sagte er und setzte sich in Bewegung.

Dana lag auf dem Bett. Es brannte nur eine Lampe, die den Raum in einen weichen, lockenden und leicht milchigen Schein tauchte. Das ideale Stimmungslicht für traute Zweisamkeit.

Er schritt auf das Bett zu.

Dana lag auf dem Rücken. Sie atmete schwer und keuchend. Der Kleiderstoff nahm fast die gesamte Bettbreite ein. Die nackte Haut darunter hatte die Farbe des Lichts angenommen.

Diese junge Frau war die einzige Versuchung.

Peter konnte nicht vermeiden, daß er anfing zu schwitzen. Er blieb neben dem Bett stehen, wollte reagieren, doch er kam nicht dazu, weil sie viel schneller war.

Ihre Hände spürte er plötzlich an seinem linken Oberschenkel. Sie hielten eisern fest. Dann reichte ein knapper Ruck.

Venkman ruderte noch mit den Armen. Das Gleichgewicht konnte er nicht mehr halten. Von Dana wurde er auf das Bett gezogen. Ihre Hände lösten sich von seinem Oberschenkel und umfaßten den Nacken.

Ihre Gesichter berührten sich fast. Zwischen ihren Lippen schimmerte die feuchte Zungenspitze, ihr Unterkörper bewegte sich schon rhythmisch.

Venkman hatte Mühe. Er drückte sie ein wenig von sich weg. »Mal langsam, Kindchen. Ich habe es mir zur Regel gemacht, nie mit besessenen Leuten zu bumsen. Ist so ein Prinzip, weißt du?«

Weiterreden konnte er nicht, weil Dana ihre Lippen auf seinen Mund preßte. Sie hatte ihn wieder mit einem Ruck an sich herangezogen. Er saugte ihren Mund, stöhnte selbst dabei, und dieses Stöhnen mischte sich in das des Mädchens.

Sie wälzten sich auf dem Bett herum. Mal lag Dana oben, dann Venkman, und sie klammerte sich an ihn, als wäre er für sie die letzte Rettung und schon der große Zerstörer.

Peter hatte Mühe, sich zu befreien. »Weißt du, Süße, mein Prinzip ist mehr eine Leitlinie als eine Regel. Verdammt, du machst mich ganz schön an . . .«

Dana kicherte unmotiviert. Ihre Fingerspitzen fuhren über sein Gesicht. »Ich will dich in mir!« keuchte sie dicht an seinem Ohr. »Komm, ich will dich spüren.«

Venkman lachte leise. »Im Prinzip ja, wie Radio Eriwan sagt. Nur klingt das bei dir so seltsam. Mir scheint so, als hättest du schon zwei Leute in dir, wenn du verstehst . . .«

Dana unterbrach ihn mit einem wilden Stöhnen. Peter zog sich bis an den Rand zurück und vollendete seinen angefangenen Satz. »Das könnte etwas eng für mich werden.«

Dana warf sich nach links. Sie lag da und atmete röchelnd.

Peter setzte sich auf. Für den Moment hatte er Ruhe. Auch sein Atem mußte sich erst beruhigen. »Okay, Dana, ich mag dich, das weißt du, aber nicht so. Warum können wir es nicht wie zwei normale Menschen tun? Okay, du bist ein sinnliches Mädchen, das gebe ich zu. Am besten wird es sein, wenn du dich entspannst. Lege dich hin, entspanne dich, bleibe ganz ruhig, hebe deine

Arme und falte die Hände über der Brust zusammen.«

Dana hörte nicht.

Etwas tobte in ihrem Innern und wurde zusehends stärker. Die andere Kraft hatte von ihr Besitz ergriffen. Sie war in die Blutbahn eingedrungen und würde keine Rücksicht kennen, das wußte Peter auch.

Er startete einen neuen Versuch. »Dana, Mädchen. Was ich wirklich gern möchte, ist mit dir reden. Mit Dana Barrett und nicht mit irgendeinem Monstrum. Nur mit dir, Dana, mit dir!«

Aus dem Atmen wurde ein Grunzen. Es hörte sich an, als hätte es ein Tier ausgestoßen, irgendein schauriges Monster, das in ihr saß und herauswollte.

Venkman fürchtete sich plötzlich. »Dana? Ich bin es, Peter. Hör mich endlich an!«

Weit öffnete sie den Mund. Peter schaute in die Höhle, sah die Zunge erst ruhig liegen und sich dann bewegen. Eine völlig fremde, kratzig und gefährlich dumpf klingende Stimme drang aus ihrem Mund. »Da ist keine Dana, ich bin Zuul!«

»O verdammt, Zuul, du mußt . . .«

Dana/Zuul warf sich herum. Ihre Arme waren schnell, die Hände wurden zu Klauen. Peter Venkman erschrak heftig, zuckte zurück. Da er schon ziemlich an der Bettkante lag, fiel er zu Boden. Er hörte über sich das Schreien.

»Zuuulll . . .«

Die Klauen schlugen über den Bettrand. Fast hätten ihn die Nägel im Gesicht erwischt und die Haut aufgekratzt.

Peter drehte sich um die eigene Achse und machte sich so dünn wie eben möglich. Dann kroch er schlangengleich unter das Bett und blieb dort auf dem Rücken liegen.

Er starrte nach oben, die Augen weit geöffnet. Er merkte, wie sehr er schwitzte. Komm, alter Junge, beruhige dich, dachte er. Du mußt ruhig bleiben, dann ist alles klar.

Das Unterteil der Matratze sah er dicht vor sich. Es bewegte sich immer dann, wenn auch Dana unruhig wurde. Auch in der unteren Hälfte, ein Zeichen, daß sie trampelte.

Die Matratze knarrte. Noch lauter allerdings waren die urwelthaften Geräusche, die aus ihrem Mund drangen.

Er versuchte es noch einmal. Verdammt, er konnte sie doch nicht in den Klauen dieses Dämons lassen.

»Dana, Darling, ich will mit dir sprechen. Jetzt und hier. Komm, stell dich nicht so an. Ich muß mit dir reden. Wirklich, Dana. Entspanne dich, sei wieder normal . . .«

Dana/Zuul grunzte.

»Kann ich mit Dana sprechen?«

»Hier ist keine Dana«, erklang es schaurig dumpf. »Es gibt sie nicht mehr. Nur noch Zuul . . . hast du gehört? Zuul . . .«

Venkman verdrehte die Augen. Verflucht, dieser Fall zerrte an seinen Nerven. Die waren sowieso nicht mehr die besten. Er entschloß sich, es auf eine andere Art und Weise zu versuchen. »Ach, mein lieber Zuul, du bist es! Was hast du nur für eine zauberhafte Stimme! Also, ich zähle jetzt bis drei, Zuulie, wenn ich dann nicht mit Dana Barrett reden kann, gibt es echten Ärger. Hast du begriffen? Ärger!«

Nichts begriff Zuul. Nichts begriff Dana. Peter stellte fest, daß sich die Matratze nicht mehr bewegte. Sie lag völlig ruhig, war auch nicht eingedrückt.

Wie konnte das sein?

Dana mußte aufgestanden sein, er hatte es nur nicht bemerkt. Er hätte zumindest ihre Beine sehen müssen, wenn sie über die Bettkante schwangen und die Füße den Boden berührten.

Da war etwas anderes geschehen . . .

Peter Venkman gab sich einen Ruck. Sehr vorsichtig schob er sich unter dem Bett hervor. Er behielt dabei die Rückenlage ein, so daß sein Kopf mit dem Gesicht nach oben zuerst auftauchte.

Irgend etwas flatterte über ihm.

Der Stoff von Danas Kleid.

Peter bekam einen fürchterlichen Verdacht. Er hastete unter dem Bett hervor und sprang auf.

Er sah Dana, er hörte sie atmen, aber sie lag nicht mehr auf dem Bett und stand auch nicht auf dem Boden. Dennoch war sie da.

Sie schwebte über dem Bett!

Peter Venkman schüttelte sich. Das konnte nicht wahr sein, das war doch unglaublich!

Er wurde an einen alten Film erinnert. »Der Exorzist«, hatte er geheißen. Da schwebte eine Besessene ebenfalls in der Luft und räumte fürchterlich auf, als sie ihre paranormalen Kräfte frei spielen ließ.

Sollte ihm so etwas auch widerfahren?

Er atmete schwer.

In seinen Atem drang das Stöhnen von Dana. Nein, nicht Dana, es war Zuul, der so schrecklich ächzte und grunzte.

Peter trat auf Zehenspitzen bis dicht an das Bett heran. Er schaute genau hin, auch wenn es ihn Überwindung kostete. Die dünne Kleidung hätte nach unten fallen müssen, das war nicht geschehen. Aufgeblasen wie eine vom Wind durchwehte Gardine umgab sie die junge Frau, deren Gesicht entstellt war.

Langsam glitt sie höher.

Sie stieg vor Venkmans Augen. Ruckartig drang die Zunge aus ihrem Mund, schnellte zurück und schoß vor, um den Speichel wie Sprühregen zu produzieren.

»Dana«, flüsterte Peter. »Dana, verdammt, komm nach unten. Los, ich will es . . .«

Sie gab ein Geräusch von sich, das Venkman nur mit dem Wort widerlich umschreiben konnte. Dabei spie sie noch, und Peter putzte sich die Speicheltropfen von seinen Wangen.

Ihm fiel ein, daß er ihr oder Zuul eine Frist gesetzt hatte. Und die wollte er unbedingt halten.

»Okay, du hast es nicht anders gewollt. Ich zähle bis drei, dann wirst du nach unten kommen, verstanden?«

Aus Danas Mund drang ein Ton, der sich nach höhnischem Lachen anhörte.

Er ließ sich dadurch nicht beirren. Auf seinen Handflächen spürte er den kalten Schweiß. Wenn er die Hände zu Fäusten ballte, war die Haut rutschig.

»Eins . . .«

Dana änderte ihre Haltung nicht. Nur in ihrem Gesicht tat sich etwas. Sie schloß den Mund, öffnete ihn wieder und atmete plötzlich pfeifend.

»Zwei!«

Geduckt stand Peter Venkman neben dem Bett. Er hatte das Gefühl, flüssiges Blei atmen zu müssen, so schwer kam ihm die Luft mit einemmal vor. Die Konturen der Zimmerwände schienen sich zu bewegen und allmählich ineinander zu verfließen.

Dana dachte nicht daran zu gehorchen.

»Zweieinhalb . . .« Peter machte es spannend. Er wollte einen Erfolg. Er mußte diesen Zuul besiegen. Verdammt, er war der Ghostbuster. Von so einem dämlichen Dämon würde er sich nicht die Butter vom Brot nehmen lassen. Nein, keinesfalls.

Die aus dem Mund dringenden Laute wurden immer schlimmer. Ein Würgen und Ächzen, unartikuliertes Keuchen, Speien, Seibern, Spucken, so daß Venkman entsetzt zwei Schritte nach hinten trat.

Es war furchtbar . . .

Dann das Schreien.

Venkman zuckte so heftig zusammen, als hätte ihn

jemand geschlagen. Dieses Geräusch putschte ihn auf, trieb eine Gänsehaut auf seinen Körper, und er schüttelte sich, als hätte man ihn mit kaltem Wasser übergossen. Noch nie hatte er einen Menschen so schreien hören. Nicht einmal die Geister, die sie gejagt hatten, waren so ausgeflippt . . .

»Verdammt, Dana!«

Sie brüllte weiter und fiel auf das Bett . . .

Peter wußte nicht, was er noch machen konnte. Er kannte keine Beschwörungsformeln, war kein Exorzist, er sah die Sache mehr technisch.

Und da hatte er eine Idee . . .

Die Gestalt hastete geduckt über die nächtliche Straße. Sie lief nicht fließend, sondern seltsam abgehackt, und aus ihrem Mund drangen blubbernde Laute.

Beobachtet wurde der einsame Renner schon eine Weile von einem Kutscher, der auf Kundschaft wartete. Er war durch ein seltsames Schreien aus einem nächtlichen Nickerchen gerissen worden, und als er die Augen aufriß, sah er einen Mann, nur mit weißem Hemd und dunkler Hose bekleidet.

Auch das Pferd des Kutschers wurde unruhig. Es warf seinen Kopf hin und her, schnaubte wild und stampfte mit den Hufen, daß Funken aus dem Kopfsteinpflaster stieben.

»He, ruhig!« sagte der Kutscher, schaute nach der Bremse und sah den Hebel festgestellt. Er schlug einmal mit dem Zügel, das Pferd nahm wieder seine alte Ruhestellung ein, so daß der Kutscher vom Bock springen und die Gestalt besser beobachten konnte.

Er kannte New York. Er kannte alle Verrücktheiten dieser Stadt. Er wußte von den Ausgeflippten, den

Spinnern, den Junkies, den Rockern und den angeblich so feinen Leuten, die sich mit der Champagnerflasche im Arm und im Smoking oder Abendkleid durch Manhattan kutschieren ließen.

Aber der, der da über dic Straße gewetzt kam, schien ihm ein besonderes Exemplar zu sein.

Er war völlig von der Rolle.

»Ein Bär, ein Hund, ein Löwe ... alles in meiner Wohnung, aber er ist zu mir gekommen, er hat mich erlöst ...«

Weiter hinten blieben einige Leute stehen. Auch sie hörten die sich überschlagende Stimme von Louis Tully.

Ausgerechnet die Kutsche hatte er sich ausgesucht. Auf den letzten Yards wurde er noch schneller, holte noch einmal alles aus seinem Körper heraus.

Der Kutscher nahm eine gespannte Haltung an. Wenn der so weiterrannte, würde er von der Kutsche gestoppt werden.

Nein, er begann zu wanken. Seine Arme schleuderte er hektisch von einer Seite zur anderen, als wären es fremde Gegenstände, die nicht zu ihm gehörten.

Dann fiel er gegen den Einstieg.

Der Kutscher verzog das Gesicht, als er den dumpfen Laut hörte, mit dem der andere gegen die Tür prallte. Der Mann drehte sich spiralartig auf der Stelle, und der Kutscher wollte ihm gerade etwas Passendes zu verstehen geben, als Louis anfing zu reden. Seine Brille hing nur mehr mit einem Bügel am linken Ohr fest. Ansonsten pendelte sie.

»Der Zerstörer wird kommen. Ich muß den Zerstörer finden!« Er beugte sich nach vorn und gab Laute von sich, die auch von einem Tier stammen konnten und sogar das Pferd erschreckten. »Ich bin Vinz, Vinz Clortho, der Schlüsselmeister von Gozer.« Er hob den Kopf und starrte den Kutscher aus weit aufgerissenen und verdrehten Augen an. »Gozer!« ächzte er. »Volguus, Zildrohar, Herr von Sebouillia, bist du der Torwächter?«

Der Kutscher verstand die Welt nicht mehr. Er reagierte auch nicht, als Louis an ihm vorbeilief und nach der Deichsel schnappte, wobei das Pferd unruhig wurde.

Erst jetzt griff er ein. Seine Hand schlug auf die Schulter des in seinen Augen Verrückten. »He, das Pferd zieht den Wagen, nicht du. Und die Geschäfte mache ich.«

Schwankend fuhr Louis herum. Auf seinem Gesicht glänzte der Schweiß. »Warte auf das Zeichen!« keuchte er. »Dann werden alle Gefangenen freigelassen.« Er zeigte mit dem Finger auf den Kutscher. »Und du wirst von den Flammen vernichtet. Du und alle von deiner Art, Türwächter. Ihr entkommt nie mehr, das steht fest. Nie . . .« Eine Frau stand plötzlich in der Nähe. Sie war von der anderen Seite gekommen und hatte mit der Kutsche nach Hause fahren wollen. Als sie Louis' Worte hörte, begann sie zu schreien und rannte weg.

Das ärgerte den Kutscher. »Das Geschäft auch noch kaputtmachen, wie. Die Bullen werden sich freuen, du Saftsack . . .«

Er packte zu und zog den zappelnden Louis hoch . . .

Janine hatte sich wieder beruhigt und ihre Nachtschicht angetreten. Das war sie mitterweile gewöhnt. Bisher war noch alles ruhig. Hoffentlich passierte was, sonst wurde die Nacht doppelt so lang. Peter Venkman war zu Dana Barrett gefahren, und Janine konnte sich vorstellen, daß ihn nicht nur berufliches Interesse zu dieser Frau hinzog.

Plötzlich wurde die Tür aufgestoßen.

Ein Cop stand da. Seine blaue Uniform glänzte. Er war nicht allein. Mit einer Hand hielt er einen Gefangenen fest und hatte dessen Arm in die Höhe gebogen, so daß der Mann sich nicht wehren konnte. Der Gefangene trug nur Hemd und Hose. Er brabbelte unverständliches Zeug, aus seinem Mund rann Speichel.

»Was ist los, Officer?« fragte Janine ängstlich.

Der Polizist gab keine Antwort, denn er hatte mit Louis alle Hände voll zu tun.

»Wollen Sie ihn bei uns abliefern, oder wollen Sie bei uns nur ein bißchen verschnaufen?« fragte Janine.

»Ich setze ihn hier ab!«

»Moment mal.«

»Aber beeilen Sie sich. Dieser Typ hat nicht alle stramm. Dr faselt so dummes Zeug, daß es einem übel werden kann. Mann, für das Gehalt muß ich mich mit dem letzten Dreck abgeben.«

Janine war schon aufgesprungen und rief nach Spengler.

Der kam auch sehr schnell und schaute den Polizisten fragend an. »Was kann ich für Sie tun?«

»Sind Sie ein Ghostbuster?«

»Ja.«

»Das ist gut, verdammt gut. Endlich mal was Positives in dieser Stadt für Verrückte.«

»Was ist denn passiert?« fragte Spengler.

Der Sergeant warf einen Ausweis auf Janines Schreibtisch. Er hatte das Dokument aus Louis' Tasche geholt. »Wir haben den Kerl festgenommen und wissen nicht, was wir mit ihm machen sollen. Bellevue, die Irrenanstalt, will ihn nicht haben, und ich habe Angst, ihn hinter Gitter zu stecken. Zufällig weiß ich, daß ihr Jungs euch mit so etwas befaßt. Also dachte ich mir, erkundige dich mal bei denen. Vielleicht kann ich ihn bei euch lassen. Wäre mir sehr dienlich.«

Spengler überlegte und stützte sein Kinn auf den Handballen. »In Ordnung«, sagte.

»Das ist gut, danke.« Der Sergeant war froh und gab seinem Gefangenen noch einen Stoß, daß er bis dicht vor den Schreibtisch stolperte. Dann drehte sich der Polizist um und verschwand.

Louis Tully stützte sich auf die Schreibtischkante, starrte Spengler an und fragte: »Bist du der Türwächter?«

Janine atmete erleichtert auf, als sie sah, daß Spengler sich um den Typen kümmerte. »Egon, Sie sind ein echter Menschenfreund.«

Spengler lachte. »Glaube kaum, daß er«, dabei deutete er auf Louis, »ein Mensch ist.« Er blieb dicht vor Louis stehen. »Sag mir mal, wie du heißt, Meister!«

Louis hatte seine Brille wieder hochgeschoben. Die Augen hinter den dicken Gläsern rollten. »Vinz Clortho. Ich bin der Schlüsselmeister von Gozer.«

Janine schüttelte den Kopf. »Stimmt nicht. Seinem Ausweis nach zu urteilen heißt er Tully. Louis Tully. Er wohnt Central Park West. Wie wär's, Mr. Tully? Möchten Sie eine Tasse Kaffee?«

Louis wiegte den Kopf. Er schien sich nicht entscheiden zu können. »Soll ich wirklich?«

»Klar will er«, sagte Spengler. Er nickte Tully zu. »Du mußt was zu dir nehmen, Junge.«

»Na gut.«

Janine besorgte ihm eine Tasse, während sich Spengler weiter mit ihm beschäftigte. »Hör mal zu, Vinz, du hast gesagt, du wartest auf ein Zeichen. Was ist das für ein Zeichen?«

Louis hob die Augenbrauen. »Ich will es dir erklären, aber es ist schwer.«

»Versuch es trotzdem.«

Louis/Vinz sprach mit flüsternder Stimme. »Gozer, der Reisende, wird in einer der vorgewählten Formen erscheinen. Während er Vuldronaii wegschleuderte, kam der Reisende als großer sich bewegender Torb . . .«

Spengler schüttelte den Kopf. Er konnte mit den Ausdrücken ebensowenig anfangen wie Janine, die inzwischen den Kaffee geholt hatte. Beide ließen sie ihren »Gast« weiterreden.

»Dann, während der dritten Aussöhnung der letzten Meketrex-Bittsteller, wählten sie ihn für eine neue Form, die des Riesen Sloar. Viele Shubs und Zuuls wußten genau, was es hieß, an dem Tag in den Tiefen des Sloar geröstet zu werden, das kann ich dir sagen.«

Er hatte wieder schnell und hektisch gesprochen, jetzt war nur noch das schwere Atmen zu hören.

Bis Janine die Stille unterbrach. »Egon?«

»Nicht jetzt.«

»Doch, Egon.« Ihre Stimme klang energisch. Sie beobachtete, wie Louis herumging und anfing zu schnüffeln wie ein Hund. »Höre mir genau zu, Egon. Ich bin manchmal hellseherisch veranlagt, und ich habe das fürchterliche Gefühl, daß dir etwas Grauenhaftes passieren wird.«

»Was meinst du damit?«

Janine mußte laut sprechen, um das Schnüffeln zu übertönen. »Ich glaube, du wirst sterben!«

Spengler schaute die Sekretärin an, wollte etwas erwidern, als sich das Telefon meldete. »Ich gehe ran«, sagte er, hob ab und sagte: »Hallo.«

»Egon, hier ist Peter.«

Spengler deckte die Muschel mit der Hand ab. »Es ist Peter«, raunte er Janine zu.

»Hör mal zu, Egon, ich habe ein paar Neuigkeiten aus der Welt von Gozer.«

»Die habe ich auch. Aber wieso bei dir?«

Venkman lachte leise. »Du weißt, daß ich zu Dana gefahren bin. Da bin ich noch immer. Es scheint, daß Gozer sich an Dana herangemacht hat.«

Egon war überrascht. »Sag bloß. Wie geht es ihr denn?«

Venkman sah es leicht spöttisch. »Ich glaube, wir können ihr einen Gastauftritt in der Fernsehsendung ›Ein Platz für wilde Tiere‹ besorgen. Ich habe sie soeben ruhig bekommen und ihr 300 Milliliter Thorazin eingetrichtert. Sie wird jetzt ein Nickerchen machen, aber vorher hat sie immer wieder von einem Türwächter gesprochen, der sie sei. Sagt dir der Begriff etwas?«

Spengler lachte kratzig. »Etwas? Du bist gut, Peter. Ich habe soeben den Schlüsselmeister kennengelernt. Er ist jetzt bei mir.«

»Mann!« rief Venkman, »das ist ja irre. Wir müssen die beiden zusammenbringen.«

Spengler war nicht dafür. »Das ist mir ein bißchen zu gefährlich.«

»Okay, dann halte ihn fest. Ich bin in Kürze bei euch.«

»Geht in Ordnung.«

Spengler schaute nachdenklich drein, als das Gespräch beendet war.

Janine fragte ihn, was geschehen war.

Egon erklärte es.

»Und was machen wir?« fragte die Frau.

»Wir müssen Ray finden. Auch Winston, beide sind äußerst wichtig für den weiteren Kampf.«

Janine verstand. »Ich werde sie herholen . . .«

Peter Venkman warf noch einen Blick auf die schlafende Dana Barrett. Es hatte ihn Nerven gekostet, aber er hatte es geschafft. »Tut mir leid«, sagte er zu ihr, obwohl sie ihn nicht hören konnte. »Aber ich muß zur

Arbeit. Und du bleibst schön in deinem Bett, bis ich wiederkomme. Verstanden?«

Peter bekam eine Antwort. Es war ein von Speichelbläschen begleitetes Keuchen.

Venkman hob die Schultern und verließ die Wohnung.

Winston lehnte sich an die Wand, schaute Stantz an und fragte: »He, Ray, glaubst du eigentlich an Gott?«

Stantz wunderte sich. »Bin ihm nie begegnet.«

Der Schwarze nickte. »Ich glaube, wirklich. Und auch an alles, was damit zusammenhängt.«

»Du bist eben anders.«

»Schwarz?«

»Auch.«

»Stört es dich?«

»Hör auf. Laß uns lieber die Zeichnungen durchsehen. Das ist jetzt wichtiger.«

»Gut, wie du meinst. Aber über das andere Thema müssen wir auch noch reden.«

»Klar.« Stantz schüttelte den Kopf und schaute auf die Blaupausen. »Dieses Dach besteht aus einer Magnesium-Wolfram-Legierung.«

Winston kam näher. »Und was interessiert dich daran so sehr?«

»Sehr viel. Schau her.« Ray wies mit dem Zeigefinger auf die Blaupause. »Die Striche hier sind Abdrücke von der Eisenstruktur in Dana Barretts Wohnhaus, und die sind sehr, sehr merkwürdig.«

Winston sah nichts. Er hob die Schultern und kam wieder auf das andere Thema zu sprechen. »He, Ray, erinnerst du dich an das, was in der Bibel über die Letzten Tage und den Weltuntergang geschrieben steht?«

Damit der Schwarze seine Ruhe gab, bekam er eine Antwort. »Ja, ich erinnere mich an die Offenbarung sechs, Vers zwölf.« Er zitierte: »Und ich sah, daß sich das sechste Siegel auftat, und siehe, da ward ein großes Erdbeben, und die Sonne ward schwarz wie ein härener Sack. Und der Mond ward wie Blut . . .«

Winston hob die Hand, denn er wollte fortfahren. »Und die Sterne des Himmels fielen auf die Erde«, flüsterte er mit heiserer Stimme. »Alle Berge und Inseln wurden bewegt aus ihren Plätzen . . .«

»Das Jüngste Gericht«, sagte Stantz.

Winston wiederholte es mit fast andächtig klingender Stimme, wobei ihm schauderte. Die beiden verließen den Raum und gingen auf die Straße. Sie setzten sich in den Wagen. Erst dort führten sie das Gespräch fort. Ray Stantz meinte: »Jede alte Religion hat ihren eigenen Mythos über das Ende der Welt.«

Winston schüttelte den Kopf. »Mythos, Ray? Ist dir nicht in den Sinn gekommen, daß der Grund, weshalb wir in letzter Zeit so viel zu tun haben, der sein könnte, daß sich die Toten aus ihren Gräbern erheben werden?«

»Das Jüngste Gericht jetzt und hier?«

»Richtig, Ray.«

Stantz schüttelte den Kopf. »Wie wäre es mit etwas Musik?«

Winston lachte fast lautlos. »Ja, verflucht, mach Musik . . .«

Janine hörte die Schritte schon draußen, dann das Schlagen von Autotüren. Es waren also mehrere Personen, die den Ghostbusters einen Besuch abstatten wollten.

Schon flog die Tür auf.

An der Spitze schritt Mr. Peck, der Mann vom Umweltamt. »Hier lang«, sagte er.

Janine merkte, daß sie einen knallroten Kopf bekam. Was diese Kerle sich herausnahmen, war einfach unverschämt. Sie sprang auf und stellt sich den Polizisten und den beiden Zivilisten in den Weg. »Moment mal«, sagte sie. »Das ist hier Privatbesitz. Was, glauben Sie, wo Sie sind?«

Peck antwortete knallhart. »Treten Sie zur Seite, Miß, oder ich lasse Sie verhaften wegen Behinderung eines Polizeibeamten.«

Janine war nicht zu beeindrucken. »O nein, mein Lieber. Ich sehe schließlich fern. Es gibt Krimi-Serien. Ich weiß, daß Sie nicht einfach hier hereinkommen könne, ohne einen Durchsuchungsbefehl oder einen Gerichtsbeschluß zu besitzen.«

Peck lachte hämisch. Er drehte sich zur Seite und nickte einem Polizei-Captain zu, der ebenfalls ein unverschämtes Grinsen zeigte. Seine Leute standen neben ihm wie eine Wand aus blaugekleideten Leibern.

Genüßlich holte Peck das Papier hervor. Er las es in voller Länger vor und sagte zum Schluß: »Beenden und Unterbinden aller Handelsaufträge. Inbesitznahme des Grundstücks und beweglichen Eigentums. Verbot der Benutzung von öffentlichen Einrichtungen für nicht lizenzierte Abfallbeseitiger.« Er legte eine Pause ein, um den letzten Satz zu sagen. »Und ich habe noch einen Bundesbefehl für das Betreten und Inspizieren des Hauses nebst des Grundstücks.«

Janine wußte nicht mehr, was sie sagen oder unternehmen sollte. Nur Spengler war da und dieser Vinz oder Louis.

Egon, der sich mit ihm zurückgezogen hatte, wollte gern noch einen Test durchführen.

Durch die Ankunft der Polizisten wurde er gestört.

Verwundert schaute er auf die Ansammlung dieser sehr offiziell aussehenden Typen.

Janine stellte sich zwischen ihn und die Männer. »Ich habe versucht, sie aufzuhalten, Egon, aber sie haben ein offizielles Papier und ...«

Spengler winkte ab. So sehr durcheinander hatte er die Sekretärin noch nie erlebt. Einen Schritt vor Peck baute er sich auf und schaute den trockenen Denkmalsknaben an. Bei seiner Anrede blieb er sehr höflich. »Verzeihung, aber das ist Privatbesitz.«

»Ich hole Stantz und Winston ...« Janine wählte mit fliegenden Fingern die Nummer des Autotelefons, denn die beiden waren unterwegs. Sie hoffte, daß auch Venkman früh genug eintraf. Ihre Ahnung schien sich zu erfüllen ...

Peck ließ sich durch keine Aktivität beirren. »Schalten Sie alle Maschinen aus, Mister. Schalten Sie alles aus!«

»Hören Sie, Mr. Peck, ich muß Sie warnen.« Egons Stimme nahm einen drohenden Klang an. »Diese Maschinen auszuschalten, wäre höchst riskant, wenn nicht gefährlich.«

Peck lächelte überlegen. Mit der Polizeimacht in seinem Rücken fühlte er sich stark. »Ich werde Ihnen sagen, was riskant ist – der Prozeß, den wir gegen Sie anstrengen. Für mindestens ein halbes Dutzend Umweltverstöße macht man Sie verantwortlich. Entweder schalten Sie diese Strahler ab, oder wir machen es.«

Spengler schüttelte den Kopf. Seine Stimme besaß einen verzweifelten Unterton, als er sagte: »Versuchen Sie doch mal, mich zu verstehen. Das ist ein Hochspannungs-Laser Sperrsystem. Es einfach abzuschalten, wäre das gleiche, als würden Sie ...

Er suchte nach dem passenden Vergleich. »Als würden Sie eine Bombe auf New York werfen.«

Peck lief rot an. »Behandeln Sie mich nicht wie ein kleines Kind, Mann. Ich bin nicht so dämlich wie die Leute, die Sie mit Ihrem Geister-Blödsinn betrügen.«

In diesem Augenblick betrat Venkman das Haus. Er sah die Polizisten, und ein Lächeln zuckte über sein Gesicht. Lässig sprach er den Captain an. »Stehen Sie ruhig bequem, Mister. Ich bin übrigens Peter Venkman und denke, es hat ein kleines Mißverständnis gegeben.«

Er wandte sich an Peck. »Sir, ich möchte auf jede nur mögliche Art und Weise mit Ihnen kooperieren.«

Peck war sich die ganze Zeit über schon verhohnepipelt vorgekommen. Seine Wut hatte sich gestaut. Sie brauchte ein Ventil, um sich abzuladen. Da kam ihm Venkman gerade recht. »Vergiß es, Venkman. Vergiß alles. Sie hatten Ihre Chance zu kooperieren, aber Sie hielten es ja für amüsanter, mich zu beleidigen. Jetzt bin ich an der Reihe, Klugscheißer!«

Spengler atmete seufzend. »Er will das gesamte Schutznetz ausschalten, Peter!«

Venkman zuckte zurück. Er merkte, daß sich in seiner Kehle ein Kloß bildete. Plötzlich kam er sich hilflos vor. Normale Menschen gegen engstirnige Beamte. – Das konnte nicht gutgehen. Dennoch versuchte er es. »Wenn Sie das Schutznetz ausschalten, werden wir für das, was anschließend passiert, keine Verantwortung übernehmen.

Peck lachte meckernd. »Ganz im Gegenteil, Venkman. Sie werden zur Verantwortung gezogen.«

»Das werden wir nicht!« erklärte Peter bestimmt.

Peck ließ sich auf nichts ein. Er gab seinen »Beschützern« ein Zeichen. Wo die Apparate mit den gefangenen Geistern standen, wußte er genau. Zielstrebig ging er seinen Weg in den Keller, gefolgt von Spengler und Venkman.

Auch Louis hatte sich angeschlossen.

Peter war schneller als die anderen. Er baute sich im Keller vor den Apparaten auf und streckte beide Arme aus, so daß er wie ein Schutzengel wirkte.

»Schaltet die Strahler aus!« befahl Peck.

Venkman schrie: »Schalten Sie sie nicht aus. Ich warne Sie. Diese Energie hält die Geister fest. Wenn sie freikommen, erlebt New York das absolute Chaos!«

Peck schnickte mit den Fingern. Er hatte nicht nur Polizisten mitgebracht, auch einen Mann von den Elektrizitätswerken. Schließlich mußte für eine solche Aufgabe ein Fachmann her. »Los, machen Sie das endlich. Ich habe schon genug Zeit vertrödelt.«

Der Mann schaute sich den Apparat an und rieb sich den Schädel. Venkman trat zur Seite. Er spürte die Unsicherheit des Technikers. Der hob die Schultern. »Ich weiß nicht so recht. So etwas habe ich bisher noch nicht gesehen, ehrlich nicht.«

Peck wurde noch wütender. »Das ist mir scheißegal. Ihre Meinung interessiert mich nicht. Schalten Sie sie endlich aus.« Venkman warnte den Techniker. »Seien Sie kein Trottel!«

Jetzt sah sich der Captain genötigt, einzugreifen. »Treten Sie ganz zur Seite, Venkman.«

»Ja, ja!« schrie Peck. »So ist es richtig. Wenn er uns weiter behindert erschießen Sie ihn.«

Der Captain fuhr herum. Vor Wut war er hochrot im Gesicht. Er blaffte Peck an. »Mach du deine Arbeit, Federfuchser. Sag mir nur nicht, wie ich zu reagieren habe.«

»Danke, Officer«, sagte Venkman.

Peck schluckte den Tadel. »Jetzt schaltet endlich die Strahler aus!« Seine Stimme klang wesentlich leiser.

Der Techniker hob die Schultern. Er bedachte Peter mit einem bedauernden Blick. Wohl war ihm nicht, als er die Hand auf den großen Hebel legte und ihn nach unten drückte.

»O verflucht!« flüsterte er.

Sie alle sahen zu, und nur zwei von ihnen wußten genau, was geschehen war.

Nach dem Abschalten folgten Sekunden der trügerischen Stille. Bis Spengler schrie: »Verflixt, haut ab! Raus aus dem Gebäude. Es kann zusammenkrachen!«

Kaum war der letzte Ton aus seiner Kehle gedrungen, als die Katastrophe begann.

Ein gefährliches, hohes Heulen jaulte durch den Bau, als würde sich ein gewaltiger Taifun nähern. Keiner der Männer blieb ruhig, auch Venkman nicht, der den Kopf zwischen die Schultern zog und Fersengeld gab. Die Polizisten begannen zu schreien, denn sie alle sahen plötzlich den giftgrünen, unheimlichen Geist, der vehement aus dem Kasten schoß, begleitet von unzähligen anderen Plasmawesen mit schaurig verzerrten Gesichtern. Windstöße jagten durch den Raum.

Ein Geschrei entstand, als wären alle Teufel der Hölle freigelassen worden.

Der unheimlich wirbelnde Geistersturm blies gegen die Männer, schleuderte sie durcheinander, und verzweifelt versuchten sie, an allen möglichen Stellen Halt zu bekommen.

Es war der blanke Horror.

Sie behinderten sich gegenseitig. Peck geriet ins Stolpern. Er sah eines dieser feinstofflichen Wesen auf sich zukommen. Blitzschnell und brandgefährlich.

Plötzlich war es da, jagte gegen sein Gesicht, er schrie, spürte die schleimige Masse, kam torkelnd auf die Füße, hielt sich am Captain fest, der ihn mitschleifte.

Louis und Venkman waren schon oben bei Janine. Tully stand breitbeinig da, hatte den Kopf in den Nakken gelegt, und sein Gesicht wurde von einem Leuchten überzogen. »Das ist das Zeichen!« schrie er. »Das ist das Zeichen!«

»Ja!« schrie Janine gegen. »Genau das ist es. Wir sind aus dem Geschäft. Alles kaputt!«

Dann eilten sie nach draußen. Der Sturm wurde mittlerweile zum Orkan. Die befreiten Geister tobten sich innerhalb der Mauern aus und mußten ihre Kräfte loswerden. Zu lange waren sie eingesperrt gewesen. Jetzt kam die Abrechnung.

Plötzlich war auch Ray Stantz da. Er war aus dem Wagen gesprungen, stand vor der Tür und schaute hinauf zum Himmel.

Eine haushohe Stichflamme, eingepackt in grelles Licht, schoß aus dem Dach und schleuderte Trümmer in die Luft.

Die Geister hatten endgültig freie Bahn. Jetzt gehörte New York ihnen.

In Windeseile hatten sich Gaffer versammelt. In der Ferne jaulten Sirenen. Polizeiwagen rasten herbei, und noch immer jagten die grünen, durchsichtigen Geschöpfe raketengleich aus dem zerstörten Dach in den grauschwarzen New Yorker Nachthimmel.

Dabei kreischten und heulten sie wie tausend wilde Furien und verteilten sich blitzartig über ganz Manhattan.

New York erlebte die Geisterinvasion.

Vor dem Haus drängte sich Peter Venkman durch die Menge. Sein Gesicht war verzerrt. Er wollte versuchen zu retten, was noch zu retten war. Viel Hoffnung hatte er nicht.

Die Polizisten wollten die Menge zurückhalten, es gelang ihnen kaum.

Peter hatte Spengler und Stantz entdeckt. »Wo ist der Schlüsselmeister?« schrie er.

Stantz verstand nicht. »Wer ist das überhaupt?«

»Los, kommt mit. Ich weiß Bescheid!« rief Spengler.

Zu laut, wie sich herausstellte, denn auch Peck hatte sie vernommen. Er war wie von Sinnen. »Nein! Nein!

Nein!« brüllte er und schüttelte seinen Kopf. »Captain! Ich will, daß diese Männer verhaftet werden. Sie haben gegen das Umweltschutz-Gesetz verstoßen. Die Explosion ist das direkte Resultat davon.«

»Leck mich . . .! schrie Spengler.

Sie wollten wegrennen, dagegen war der Captain. »Halt, bleiben Sie stehen. Das ist ein Befehl!«

Auch seine Leute hörten die Stimme. Sie sahen, in welchen Schwierigkeiten sich der Vorgesetzte befand, aber die Ghostbusters wollten sich nicht so einfach aus dem Verkehr ziehen lassen. Im fahlen Dunkel der Nacht hofften sie, untertauchen zu können.

»Egon, komm!« schrie Venkman.

Auch Stantz brüllte. Ein Cop wollte ihn festhalten. Ray rammte ihm den Kopf in den Magen. Der Cop fiel zurück. Dann waren zwei andere da und über ihm.

Keine Chance mehr.

Ebenfalls nicht für Venkman und Spengler.

Jetzt saßen sie fest.

Endgültig!

Nacht über New York!

Noch war es eine Nacht wie jede andere. Natürlich ging es heiß her. Wie jede Nacht.

Auf dem Broadway stauten sich die Wagen. Die Theater hatten ihre Besucherströme entlassen. Die offenstehenden Türen der Lokale schluckten die Vergnügungssüchtigen wie hungrige Mäuler ihre Nahrung. Eigentlich eine völlig normale Nacht. Bis auf eine Kleinigkeit. Vielleicht drückte die Luft zu sehr, war der Himmel seltsam dunkelgrau, wenn auch hin und wieder fahlgelb erhellt, denn über dem Meer spalteten Blitze diesen gewaltigen Vorgang.

Noch atmete die Stadt, noch pulsierte das Leben ...

Genau bis zu dem Punkt, als die Geister freikamen. Urplötzlich war alles anders.

Der Himmel hellte sich über Manhattan seltsam grün auf. Da wirkte plötzlich die Luft wie die Hautfarbe einer zu lange im Wasser gelegenen Leiche. Heulende, pfeifende Geräusche jagten über dem Wirrwarr von Wolkenkratzern und in den tiefen Straßenschluchten. Ungezählte Geister fegten in die Höhe, durchstießen die Wolken, kreisten, tanzten, kreischten.

Der Himmel über Mannhattan zeigte einen furiosen Wirbel, als würde ein Film auf einer gewaltigen Projektionswand ablaufen.

Der Horror kam.

Die Geister kamen wie Vogelschwärme und stürzten sich in die Tiefe. Ihr Widerschein zuckte über die Hauswände, an vielen Orten und Plätzen fiel der Strom aus, und die Straßen wurden nur mehr erhellt vom fahlen Totenlicht der Geistwesen.

Bis zu diesem Zeitpunkt hatten die Menschen an ein überraschendes Feuerwerk geglaubt.

Nun brannte sich ihnen das Grauen ein.

Sie sahen die grünlichen Wesen vor sich auftauchen, sie wurden größer, kamen schattengleich über sie und versprühten ihren Schleim wie aus Spritzpistolen.

Die Panik begann!

Überall waren die grünen Lichtwesen mit ihren verzerrten fratzenartigen Gesichtern. In jede Öffnung tauchten sie und brachen Wände ein, als bestünden sie aus Papier.

Menschen flüchteten aus Häusern, die einstürzten oder brannten, rannten hinaus auf die Straße, wo sie auch keine Sicherheit fanden.

Ein Geschäftmann, der zu einer wichtigen Verabredung wollte, riß die Tür eines Taxis auf. »57. Straße. Columbiahaus. Ich habe es eilig. Schnell.«

Der Fahrer drehte sich um.

»Aaahhhh . . .« Der Schrei des Mannes gellte durch den Wagen, als er sah, wer ihn da anschaute.

Ein Skelett.

Am Totenschädel des Taxifahrers hingen noch einige Fleischreste!

Der Geschäftsmann riß die Tür auf, schreiend wälzte er sich aus dem Wagen und rollte über den Boden.

An einer Straßenecke hatten sich Menschen zusammengedrängt. Furchtsam schauten sie sich an, hörten das Heulen und Pfeifen und Zusammenkrachen fahrender Autos.

Dann kam es auch über sie.

Aus dem Himmel stürzte sich ein Lichtphantom, begleitet von einem kometenhaften Schein. Es war blitzschnell, stieß in die Versammelten hinein und trieb sie auseinander.

Die Menschen wälzten sich über Bürgersteige, fielen auf die Straße, wo sich Fahrzeuge ineinander verkeilt hatten und Hindernisse bildeten.

Die Geister, endlich frei, konnten sich austoben. Und sie hätten sich keinen besseren Ort aussuchen können als die Millionenstadt zwischen Hudson und East River.

Fauchend und kreischend jagten sie in jeden Winkel hinein. U-Bahn-Schächte schluckten sie wie Mäuler. Plötzlich hatten sie auch unter der Erde freie Bahn und tobten durch die engen Tunnelröhren, wo sie plötzlich vor den heranjagenden Zügen in die Höhe wuchsen und sie überschwemmten.

Blitze zuckten, die Züge blieben in den Schächten stehen, die nicht stockfinster waren, sondern vom fahlgrünen Licht erhellt wurden und wie bleiche Röhren wirkten.

Auch am Himmel tobten sie sich aus. Kreisende, wirre, tanzende Spiralnebel, von roten, geisterhaften

Lichtern durchzogen, die ebenfalls in die Tiefe sausten, durch die Straßen heulten und Gebäude einrissen.

Menschen flohen in wilder Panik.

Polizeisirenen heulten. Ihr Rotlicht vermischte sich mit den Farbspielen der Geister.

New York im Chaos.

Die Polizei war machtlos, sie mußten hilflos mitansehen, wie ihre Stadt dem Untergang zusteuerte.

Die einzigen, die hätten helfen können, saßen in Haft. Nur weil wieder ein Beamter borniert gewesen war . . .«

Winston Feddemoore schlug mit der Faust auf die Barriere, die den Dienstraum in zwei Hälften trennte.

»He, Wache, ich will nur telefonisch mit den Leuten sprechen. Ich arbeite bei ihnen. Als der Mist passierte, war ich nicht mal da. Stellen Sie sich nicht so an.«

Die Beamten stellten sich stur. Sie hatten ihre Order und ließen sich durch nichts aus der Ruhe bringen. Da konnte Winston noch ein so verzweifeltes Gesicht machen und mit den Augen rollen.

So ein Mist. New York erlebte die Geister-Invasion, und die Ghostbusters saßen fest.

Eingesperrt hinter Gittern. Ein irres Ding, das durfte man gar keinem erzählen.

Venkman, Spengler und Stantz konnten nicht gerade behaupten, daß sie sich unter all den anderen Untersuchungshäftlingen wohl fühlten. Es waren genug Schwerverbrecher dabei, deren Reden sie sich aus den Nachbarzellen hatten anhören müssen.

Sie waren verhöhnt worden. Die Fernsehstars hinter Gittern. Das war etwas für diese Leute.

Egon Spengler hatte lange gegrübelt und des Rätsels

Lösung gefunden. »Hört zu«, sagte er, »ich habe es jetzt. Diese Dachstruktur ist mit der zu vergleichen, die die Nasa benutzt, um tote Pulsare in der Raumtiefe zu entdecken.« Und Stantz meinte, während er auf seiner harten Sitzfläche hin und her rutschte: »Das sind kalt vernietete Träger mit reinen Seelenzellen.«

Venkman schüttelte den Kopf. »Heute wird doch gar nicht mehr so gebaut. wie früher. Da kann das mit den Trägern nicht mehr passieren.«

Stantz widersprach. »So haben sie auch früher nicht gebaut. Man hat sie *nie* so gemacht. Der Architekt war meiner Ansicht nach entweder ein amtlich beglaubigtes Genie oder ein armer Irrer.« Er schaute seine Freunde an und wartete auf eine Bestätigung.

Venkman hob die Schultern. Er starrte auf die Wand, dann drehte er den Kopf und blickte Stantz an. »Ray, tu mal einen Moment lang so, als würdest du weder etwas von Metallurgie noch von Physik verstehen. Sag mir ganz schlicht, was, zum Henker, los ist?«

»Ich verstehe dich, Peter. Du hast nie Technik studiert. Das gesamte Gebäude ist eine riesige superleitfähige Antenne, ausdrücklich entworfen und gebaut, um geistige Turbulenzen anzuziehen und zu konzentrieren.« Er grinste ein wenig. »Und deine Freundin Dana wohnt im Eck-Penthouse der Spukzentrale.«

»Ist das ein Penthouse?«

»Ja, das muß es sein, nach den Plänen.«

»Habe ich kaum bemerkt. Zu deiner Information, Ray, sie ist nicht meine Freundin. Ich finde sie eben nur interessant, weil sie unsere erste Kundin war und neuerdings über der Bettdecke schläft. Dann bellt sie, schnüffelt, geifert und kratzt.«

Egon Spengler sagte: »Es geht auch nicht gegen deine Freundin, Peter. Sie ist es nicht, sondern allein das verdammte Gebäude.«

»Das mußt du mir erklären.«

»Gern. Etwas Entsetzliches ist im Begriff, in unsere Welt einzutreten. Offensichtlich ist dieses Gebäude, in dem auch Dana wohnt, die Tür in unsere Welt. Dann habe ich mich mal für den Namen des Architeken interessiert. Als ich ihn erfuhr, schaute ich in Tobin's Geisterführer nach. Und siehe, ich fand ihn dort. Der Name des Architekten war Ivor Shandor. Doktor der Medizin, was für einen Architekten ziemlich ungewöhnlich ist. Er soll zahlreiche überflüssige Operation durchgeführt haben. 1920 hat er eine Geheimgesellschaft gegründet.«

Venkman hob die Hand. »Laß mich raten. Goster-Anbeter, oder?«

Spengler nickte. »Richtig.«

Daraufhin lachte Venkman. »Das weiß ich sogar ohne Studium der Geheimwissenschaften.«

»Es war eine schlechte Zeit damals. Die Geheimgesellschaft bekam zahlreiche Anhänger. Als Shandor starb, waren es an die tausend. Sie führten oben auf dem Dach Rituale durch. Bizarre Rituale, um das Ende der Welt herbeizuführen. Und jetzt weist alles darauf hin, daß es ihnen tatsächlich gelingt.«

»Das ist ja wunderbar«, sagte Peter, »und wir sitzen hier fest.«

Ray Stantz brummte: »Wir müssen hier raus.«

Venkman sang irgendein Lied.

»Schnauze, du Trottel!« schrie einer der Zellennachbarn. »Hör auf mit deinem Gejammere.«

»Jemand kommt in die Stadt, jemand kommt in die Stadt . . .« sang Peter.

Nicht irgend jemand kam, sondern ein Mann, den sie kannten, und der zu ihnen gehörte. Winston erschien in dem schwach beleuchteten Gang. Er hatte es endlich geschafft.

Winston blieb vor der Zellentür stehen. Er krallte seine Hände um zwei Gitter. »Und jetzt keine Panik, Ghostbusters. Wir sollen tatsächlich vor einen Richter treten und ihm erklären, daß irgendein verschimmelter babylonischer Götze auf Central Park West einfallen wird und die Stadt zerreißen will.«

Spengler berichtigte. »Sumerisch, nicht babylonisch.«

»Ja, ein großer Unterschied«, meinte Venkman.

Winston winkte ab. »Für die Stadt wird es egal sein.«

Ein Polizeibeamter erschien und blieb neben Winston stehen. Der Mann schwitzte und schüttelte den Kopf, während er sagte: »Ich verstehe die Welt bald nicht mehr. Okay, Ghostbusters, der Bürgermeister will euch sprechen. Die ganze Insel wird verrückt. Los, kommt.« Er schloß auf.

Venkman winkte den anderen Mitgefangenen zu. »He, ihr Nullen, habt ihr gehört? Der Bürgermeister will mich sprechen. Er wird mit uns ein wenig plaudern.«

»Haut ab, ihr Spinner.«

»Rettet die Welt!« schrie einer mit hoher Stimme. »Sonst kommt der große Zampano . . .«

Die vier gingen unter Polizeibegleitung davon.

New York, Central Park West.

Ein altes Haus, grau, aus den ersten Tagen der Wolkenkratzer. Über dem Dach ein gewaltiger Himmel, der wie flüssiges Blei aussah.

Menschen im Haus, die nichts ahnten, die nichts davon wußten, was hier einmal geschehen war.

Und im letzten Stock, im Penthouse, ein Mädchen namens Dana.

Sie lag auf dem Bett. Reglos. Das Schlafmittel hatte gewirkt. Nur hin und wieder war ein Flattern der Augendeckel zu bemerken. Doch der Schlaf wurde unruhiger. Auf einmal öffnete Dana den Mund. Das leise Stöhnen hörte sich schwer und unheimlich an. Ihre Lippen glänzten feucht, und der Himmel über dem Haus verlor seine graue Farbe. Die Wolken wurden auf eine unnatürliche Art und Weise schwarz.

Violette Streifen durchzuckten sie. Vielfarbige Blitze schossen aus ihnen hervor und trafen die sich nach oben hin verjüngende Plattform des Hauses.

Die Blitze waren wie gekrümmte Finger. Zielsicher fanden sie ihren Weg, umtanzten wie ein geisterhaftes Gespinst das Fenster der Dachwohnung und warfen über Danas Gesicht einen blassen Schein.

Energie tankte in sie hinein.

Schlagartig öffnete sie die Augen. Sie spürte etwas und setzte sich dabei steif wie eine Puppe auf.

Für einen Moment blieb sie in der Haltung. In ihren Augen lag ein entrückter Ausdruck. Die Lippen waren halb geöffnet, der Kopf ein wenig zum Fenster hin gedreht, als würde sie lauschen.

Über ihr, auf der Dach-Plattform entstand ein seltsames Geräusch. Das Knirschen hörte sich an, als wären gewaltige Hände dabei, etwas Festes, Steinernes zu brechen.

Die Decke hätte schon durchsichtig sein müssen, damit Dana hätte erkennen können, was tatsächlich über ihr passierte.

Monumentale Figuren aus Stein, die Jahrzehnte überdauert hatten, waren in die Gewalt einer anderen Kraft geraten. Violette Blitze umzuckten sie und trafen, und das Knirschen wurde zu einem nervtötenden Reißen, als die steinernen Ungeheuer Risse zeigten.

Ein rotes, gefährliches Leuchten trat in die sonst so toten Augen der Steinfiguren.

Die geheimnisvollen Kräfte, vor langer Zeit eingeschlafen, erwachten. Gozer bereitete seine Ankunft vor.

Ein Ruck ging durch die Gestalt der Dana Barrett. Flüsternde Worte kamen aus ihrer Kehle. Sie schaute sich in der Wohnung um, in der das Chaos herrschte. Sie stand auf, als hinge sie an Fäden wie eine Marionette. Ihr Ziel war das Fenster.

Eine große Scheibe, der sie sich mit steifen Schritten näherte. Ihr Blick war starr geradeaus gerichtet, nichts regte sich in ihrem feingeschnittenen Gesicht mit den großen, dunklen Augen. Nur die lockigen, langen Haare vibrierten an den Rändern, als wären sie von einer unsichtbaren Kraft erfüllt.

Dana blieb vor der Scheibe stehen.

Sie spürte, daß sich bald etwas ändern würde. Gozer wartete bereits. Wenn er kam, würde alles so sein wie früher.

Es sollte sich ändern, es sollte wieder den Tempel auf dem Haus geben, um die grausamen Blutrituale feiern zu können, wie seine Anhänger es vor über sechzig Jahren zelebriert hatten.

Der Sturmwind steigerte sich zum Orkan. Er jagte über das Dach, die Blitze folgten schneller aufeinander. Wolken rotierten, fegten in eine bestimmte Richtung.

Ihr Ziel war die Scheibe.

Dana schrie nicht.

Sie sah, wie das Fenster auseinanderfiel, die Scherben von der Gewalt nach außen geblasen wurden und sich auflösten. Licht umgab Dana.

Wie eine Säule stand sie inmitten des Chaos, schaute auf eine Landschaft, die sich auf geheimnisvolle magische Weise verändert hatte.

Sie war bereit.

Gozer konnte kommen!

Louis Tully war entwischt. Niemand hatte mehr auf ihn geachtet. Und er schritt durch ein New York, das ihm gefiel.

Geister am Himmel!

Phantome in den Straßenschluchten, die heulten, tanzten und pfiffen, ihn umkreisten, aber von ihm mit offenen Armen erwartet wurden. Das war seine Welt, da gehörte er hin.

Er ging wie in Trance. Das Gesicht verklärt, den Blick zum Himmel gerichtet, wo die gefesselten Gewalten tobten und seinen Körper mit einem bleichen Totenlicht überwarfen.

Irgendwann erreichte er sein Zuhause – Central Park West. Hier hatte es begonnen, hier würde es enden.

Und er ging hoch zum Penthouse, wo Zuul schon auf ihn warten würde. Alles war so verändert. Dennoch betrat er zielsicher die Wohnung der jungen Frau, ging in das Wohnzimmer. Es gab kein Fenster mehr, aber er konnte die gewaltige Dachplattform sehen, über der düstere Wolken tanzten und wirbelten. Sein Blick fiel auf die Trümmer und auf einen kleinen Altar, hinter dem eine Treppe mit breiten Stufen in die Höhe führte. Es sah so aus, als würde sie im Himmel verschwinden.

Er ging weiter.

Um Dana zu erreichen, mußte er ebenfalls eine Treppe hoch. Sie war viel schmaler, er hatte sie zuvor nie gesehen. Vieles hatte sich verändert. Die alten Zeiten waren zurückgekehrt . . .

Er ging die Stufen hoch.

Dana erwartete ihn. Sie hatte sich hingelegt, stützte sich auf einen Ellbogen ab. Auf ihrem Gesicht lag ein verklärtes Lächeln. Der Wind spielte mit ihrem Haar, die Kleidung flatterte.

Beide lächelten wissend wie zwei Verschwörer, die wußten, daß nur sie das Geheimnis kannten.

»Ich bin der Schlüsselmeister«, sagte Louis Tully.

»Und ich der Türwächter«, antwortete Dana.

Es war das Stichwort. Sie fielen sich in die Arme und küßten sich wild und raubtierhaft . . .

Es war schon etwas los, als die vier Ghostbusters entlassen wurden. In New York sprechen sich Neuigkeiten schnell herum. Die Reporter hatten vor dem Eingang des Untersuchungsgefängnisses gewartet, und nun bekamen sie die Chance, die Ghostbusters zu sehen.

Blitzlichter flammten auf. Die Polizisten in der Begleitung der Geisterjäger waren für einen Moment ratlos, so daß Peter, Ray, Egon und Winston die Arme heben konnten, um den anderen zuzuwinken.

»Wann geht es wieder los?«

»Bald, Freunde?« rief Peter.

»Ist euer Wagen noch klar?«

»Und wie!«

»Wo geht es jetzt hin?«

»Das werdet ihr sehen. Der Bürgermeister erwartet uns.«

»Er hat Muffensausen!« schrie Stantz.

Die Polizisten verloren fast die Nerven. Sie schrien die Journalisten an, endlich Platz zu machen. Diesen Befehlen kamen sie nur widerwillig nach, und so wurde der Marsch zum Rathaus für die Ghostbusters zum Triumphzug. Ihre Chance kam noch . . .

Es waren zahlreiche Männer im Büro des Bürgermeisters versammelt. Der Polizei-Präsident, der Bürgermeister natürlich, dessen Adjutant, der Chef der Feuerwehr, noch andere Beamte und auch Peck, der Knilch vom Umweltschutzamt. Er war völlig durcheinander und hatte sich schon einiges anhören müssen, obwohl er jede Beschuldigung weit von sich gewiesen hatte.

Man sprach davon, Brücken zu sperren und auch die breiten Straßen dichtzumachen, aber das war keine Lösung.

Also gab es nur eine Möglichkeit.

Die Ghostbusters.

»Sir, die Ghostbusters sind hier«, meldete der Adjutant seinem Chef.

Der Bürgermeister nickte. »Okay, die Ghostbusters, das ist gut. Aber wo ist dieser Peck?«

Peck kam vor. Er hatte sich im Hintergrund gehalten. Längst sah er nicht mehr so adrett aus wie noch vor Stunden. Seine Haut war grau geworden, und selbst der dünne, rötlich schimmernde Bart, der seine Wangen bedeckte, zeigte eine andere Farbe. Mit unsicheren Schritten näherte er sich dem Bürgermeister. »Ich bin Walter Peck, Sir«, erklärte er. »Und ich bin bereit, Ihnen einen vollen Bericht zu geben.«

Der Bürgermeister löste sich von der Wand. Hinter ihm befand sich eine große Karte von Manhattan. Überall in den Zentren der nicht faßbaren Schrecken steckten kleine Fahnen. »Das erwarte ich auch von Ihnen, Peck.«

Inzwischen hatten die vier Freunde den großen Raum betreten und schauten zu, wie sich Peck herauswinden wollte. Noch immer reagierte er aggressiv, wahrscheinlich war es Venkmans Anblick, der ihn so aufregte.

»Diese Männer sind für mich Schneeballartisten! Die werfen mit irgendwelchem wissenschaftlichen Kram herum, tatsächlich aber stimmt davon überhaupt nichts. Sie benutzen Nervengas, um Halluzinationen zu erzeugen.« Er sprach immer schneller, denn jetzt konnte er es ihnen vor den Offiziellen zeigen. »Die Menschen glauben an den Mist! Sie sehen Geister und rufen diese komischen Clowns herbei. Das ist doch einfach lächerlich. Dann kommen sie mit ihrer falschen Lichterschau und beseitigen das angebliche Problem.«

Venkman konnte nicht anders, er mußte lachen, was Peck irritierte.

Ray Stantz meldete sich. »Alles lief glatt«, erklärte er und streckte seinen Arm aus. Der Finger wies auf Peck. »Aber dann kam dieser schwanzlose Typ und ließ das Energienetz abschalten.«

»Nein!« brüllte Peck, »Sie haben die Explosion ausgelöst!«

Der Bürgermeister fuhr herum. »Ist das wahr?« fragte er scharf.

»Ja, das ist wahr!« rief Venkman. »Dieser Kerl da hat überhaupt keinen Schwanz!«

Peck drehte durch. Sein Kopf glich schon in der Farbe einer überreifen Tomate. Dann startete er. Mit grotesken Sprüngen wollte er die Entfernung zu Peter Venkman überbrücken. Weit holte er aus. Als er seine Faust vorschlug, sprangen die Polizisten hinzu, hielten ihn fest, rissen an seiner Kleidung und schleuderten ihn zurück.

»Weg, du ...«

»Aufhören, verdammt!« brüllte der Bürgermeister. »Seid ihr denn alle verrückt geworden?«

Peck nickte, während er keuchte. »Schon gut, ist ja alles gut ...«

»Aber ich habe gehört, daß er keinen ...« Peter grinste, die letzten Worte verschluckte er.

Für den Bürgermeister war der Zwischenfall erledigt. Er wandte sich an den weißhaarigen Chef der Feuerwehr. »Was soll ich jetzt machen, John? Wie können wir die Lage in den Griff bekommen?«

Der Feuerwehrchef hob die Schultern. »Ich weiß nur,

daß es keine Lichtschau war, was wir erlebt haben. Ich habe schon jede dem Menschen bekannte Form von Verbrennungen gesehen, aber das, was die Verletzten hatten, übersteigt mein Begriffsvermögen.«

»Sogar die Mauern im 53. Revier haben geblutet«, erklärte der Polizeipräsident. »Wie stehen Sie dazu?«

Eine Antwort bekam er nicht, denn die Tür wurde geöffnet. Ein schmaler, weißhaariger Mann im langen Talar betrat das Büro. Es war der Erzbischof.

Sofort herrschte Schweigen. Man war überrascht und voller Ehrfurcht.

»Guten Tag, die Herren!« grüßte der Bischof und nickte wohlwollend in die Runde, während er seine Hände wie im Gebet gefaltet hatte.

»Oh, Eure Eminenz!« flüsterte der Bürgermeister ergriffen.

Auch die anderen Anwesenden raunten überrascht. Bis auf die vier Ghostbusters. Sie blieben cool.

Der Bürgermeister küßte den Ring, während er vom Erzbischof gefragt wurde: »Wie geht es Ihnen, Lenny?«

Lenny richtete sich wieder auf. »Du siehst gut aus, Hike. Aber wir stecken in einer echten Klemme. Du weißt ja Bescheid, hast davon gehört. Was meinst du, was wir tun sollen?«

Der Erzbischof atmete tief ein und bekam einen in sich gekehrten, versonnenen Blick. »Lenny, offiziell wird die Kirche keinerlei Stellung beziehen, hinsichtlich der religiösen Implikationen von diesen . . . ähm . . . also Phänomenen. Aber wenn du mich fragst, dann glaube ich, daß es ein Zeichen Gottes ist. Aber zitiere mich da bitte nicht in der Öffentlichkeit.«

»Nein, das werde ich nicht. Es ist ein schlauer Zug von dir, Hike. Ich werde also keine Pressekonferenz einberufen und allen raten, daß sie anfangen sollen zu beten.«

Winston Zeddemoore trat vor und hüstelte leicht, um

auf sich aufmerksam zu machen. »Ich ... ähm ... ich bin Winston Zeddemoore, Eminenz. Ich bin noch nicht sehr lange bei den Ghostbusters, aber ich muß Ihnen sagen, diese Dinge sind verdammt echt. Seit ich mich den drei Männern hier angeschlossen habe, konnte ich Sachen erleben, die Sie erbleichen lassen würden.«

Venkman stieß den Umweltknaben an. »Das können Sie uns glauben, Pecker ...«

»Mein Name ist Peck!«

Peter ließ sich nicht beirren. »Sie können auch die Tatsache akzeptieren, daß diese Stadt einer Katastrophe entgegengeht, die biblische Ausmaße haben wird.«

»Was meinen Sie mit biblisch?« fragte der Bürgermeister.

»Er spricht vom Alten Testament, Sir«, antwortete Stantz.

Venkman nickte.

»Das ist der echte Zorn Gottes«, sagte Stantz.

»Genau«, bestätigte Spengler.

»Feuer und Schwefel fallen vom Himmel. Flüsse und Meere beginnen plötzlich zu kochen ...« zitierte Stantz.

»Vierzig Jahre Dunkelheit!« fügte Spengler hinzu. »Erdbeben, Vulkanausbrüche ...«

»Und die Toten erheben sich aus ihren Gräbern!« flüsterte Winston mit hohler Stimme.

Venkman war wieder an der Reihe. »Es wird Menschenopfer geben. Hunde, Katzen ... eine Massenhysterie.«

Der Bürgermeister hob die Hand. »Genug, ich verstehe, was Sie sagen wollen. Aber was ist, wenn Sie sich irren?«

Venkman hob die Schultern. »Wenn ich mich irre, passiert nichts. Dann gehen wir wieder ruhig zurück in den Knast. Wir werden es sogar genießen, diese Ruhe nach der Hektik. Falls ich jedoch recht habe, und wir der Sache ein Ende machen können, Lenny, werden Sie das Leben von Millionen eingetragener Wähler gerettet haben.«

Der Bürgermeister zeigte nach dieser Antwort ein sehr nachdenkliches Gesicht. Die Worte hatten ihm imponiert. Und das wiederum paßte Walter Peck nicht.

»Sir!« mischte er sich ein. »Ich kann mir nicht vorstellen, daß Sie ernsthaft erwägen, auf diese Männer zu hören.«

Der Bürgermeister war es leid. »Schafft ihn hier raus«, sagte er zu den Schutzbeamten.

»Tschüs . . .« Venkman winkte und grinste.

Peck wurde gepackt. Er tobte. An der Tür schrie er noch: »Dich mache ich fertig, Venkman, dich mache ich fertig . . .«

»Gern, und ich besorge dir etwas für deinen Hintern.« Er lachte. »Ich werde ihn vermissen.«

»Kommen wir zur Sache«, sagte Lenny, der Bürgermeister. »Wir haben zu arbeiten. Sagen Sie mir jetzt genau, was Sie brauchen.«

Venkman rieb sich die Hände. »So ist es richtig, Sir. Dann wollen wir mal . . .«

Soldaten wurden alarmiert. Plötzlich sah es in der Umgebung von Central Park West aus wie bei einem Manöver. Die Männer riegelten die Straßen in der Umgebung ab, zogen Schutzgitter und Zäune. Sie ließen nur die Zufahrtsstraßen für Polizei und Ghostbusters frei.

New York erwachte. Fieberhafte Hektik breitete sich aus. Es hatte sich herumgesprochen, wo das Zentrum des Schreckens lag, und dort versammelten sich auch die Menschen.

Sie strömten in Scharen. Central Park West wurde

zum Mittelpunkt des Interesses. Kameras surrten, Fotoapparate glotzen schräg an der Hauswand hoch und zielten mit ihren Teles auf das Dach des Gebäudes, über dem eine gewaltige grüne Wolke schwebte.

Das Omen des Bösen!

Und die vier Ghostbusters machten sich bereit.

Wie die Helden stiegen sie in ihren Wagen. »Hi!« rief Venkman, »laßt uns Tempo machen.«

»Und wie!«

Dann jagten sie los. Man hatte ihnen den Weg freigeräumt. Mit hoher Geschwindgkeit rasten sie ihrem Ziel entgegen.

Überall standen Menschen.

Sie schrien, schwenkten Fahnen und Tücher, klatschten Beifall, und Venkman, der die Seitenscheibe nach unten gekurbelt hatte, konnte nicht anders. Er streckte seinen Kopf aus dem Fenster und warf den New Yorkern Kußhände zu. »Sie lieben uns!« rief er. »Ja, sie lieben uns . . .«

»Das ist ein Gefühl!« meldete sich Winston.

»Wir sind die größten!«

»Ghostbusters, Ghostbusters . . .«

Irgend jemand hatte angefangen, die Worte zu rufen, und diese Euphorie begleitete die Männer bis zu ihrem Ziel.

Eine Frau im Pulk der Gaffermenge vor dem Haus am Central Park West sah sie zuerst. »Da sind sie!« brüllte sie so laut sie konnte.

Die anderen folgten mit den Blicken dem ausgestreckten Zeigefinger.

Sie sahen den Wagen.

Er kam wie eine Rakete.

Die Reifen jaulten, der Wagen stand.

Sie stiegen aus.

Und wieder jubelte die Menge. Es war ein einziger Schrei, der gegen den Himmel brandete.

Sie stiegen aus, und Venkman schüttelte den Kopf. »Verdammt, darauf war ich nicht vorbereitet.« Er hob die Hände und rief gegen den Schrei der Menge an. »Es ist alles in Ordnung, Freunde. Wir werden sie packen, wir machen das schon . . .«

Es war ruhiger geworden.

Eine beeindruckende Menge, die sich da versammelt hatte. Alle Rassen und Religionen. Sektenvertreter hielten ihre Schilder hoch. Sogar Homos und Lesben hatten Abordnungen geschickt.

Winston öffnete die Ladeklappe des Wagens. Die Männer holten ihre Ausrüstung hervor und schnallten sich die Geräte auf den Rücken. Sie hoben ihre langen Lichtkanonen noch einmal an und grüßten mit ihnen die Menge.

Dann schauten sie hoch zum Haus.

Die Wolke stand noch immer dort.

Sie sah gefährlich aus, denn sie hatte sich geteilt, so daß sie von zwei Seiten auf das Penthouse zielte.

»Fertig, Freunde?« fragte Venkman. »Sitzt alles?«

»Klar!« Stantz grinste. »Wir machen es grob, wie?«

»Sehr grob.«

»Dann . . .«

Im gleichen Augenblick schlugen die Kräfte einer anderen Dimension zu. Aus dem Nichts kam der Sturm. Plötzlich jagte er in die Straßenschlucht und stieß Laute aus, die von einem wilden Tier hätten stammen können. Er peitschte und wühlte in die Menge hinein. Die Plakate wurden den Trägern aus den Händen gerissen und wirbelten davon. Bäume bogen ihre Äste, als wollten sie sich vor den Naturgewalten verneigen, und in das Heulen hinein erklangen die entsetzten Schreie der Menschen.

Wolken wurden wie düstere Todesboten an der Hausfassade nach unten getrieben. Gleichzeitig erklang ein fürchterliches Rumoren. Nicht aus der Höhe, es drang aus der Straße.

Auch die Ghostbusters hatte es erwischt. Sie flogen zurück. Spengler versuchte, sich an Venkman festzuhalten, aber der orkanartige Wind war zu gierig.

Urkräfte waren geweckt worden und bewiesen, wie sie mit Menschen spielen konnten.

Zwischen der Menschenmenge und dem Haus brach die Erde auf, als würde sie von einem Beben geschüttelt. Der breite Spalt entstand so schnell, daß die Ghostbusters und auch einige Zuschauer nicht mehr reagieren konnten.

Der Boden schluckte sie . . .

Sie verschwanden schreiend in der Tiefe, und diejenigen, die weiter hinten standen, konnten es mit ansehen. Ein abgestellter Polizeiwagen schüttelte sich, bevor er mit seiner langen Schnauze zuerst in den Spalt rutschte und drin verschwand.

Einige Zuschauer flüchteten, andere traten nur so weit zurück, daß sie nicht aufgesaugt werden konnten.

Wieder kippte ein Wagen. Blech schrammte über die harten Kanten des Spalts, Glas splitterte, dann war der Wagen weg.

Und es wurde still.

Ebenso plötzlich wie der Orkan aufgeflammt war, verlöschte er auch wieder.

Hatten sie es geschafft? Oder waren die vier Ghostbusters ebenfalls von dieser unheimlichen Magie besiegt worden?

Staubschwaden trieben über die Straße. Sie wirkten wie Nebel, und aus diesem Nebel erschienen plötzlich Gesichter.

Man sah am Spaltenrand Hände, die sich hochzogen und plötzlich standen die Ghostbusters da – sie hatten überlebt. Die Hölle war nicht stärker gewesen. Hoch rissen sie ihre Arme.

In die Bewegung hinein brandete der gewaltige Jubelschrei der Menge. Er feuert sie an, es zu versuchen, nur nicht aufzugeben. Das Unheil mußte gestoppt werden.

»Save the world!« brüllte jemand und hielt das Schild seiner Sekte hoch.

»Jaaa . . .!« Venkmans Stimme überschlug sich fast. Er stieß die Faust in die Höhe. »Wir retten die Welt!«

Sie schauten sich an.

Einer für alle, alle für einen.

Wie die Musketiere!

Und sie legten die Hände aufeinander. Jeder konnte diesen »Schwur« sehen. Kameras surrten, Fotoapparate klickten. Zuversicht für die Menschen vor den Mattscheiben.

Dann drehten sie sich um und betraten das Haus.

Der Gesang der Menge erreichte sie noch auf der Treppe und gab ihnen ein gutes Gefühl . . .

Das gleiche Haus – eine andere Welt . . .

Ein Platz, der mit geborstenen Steintrümmern übersät war. Der Vorhof eines Tempels. Durchweht von grauvioletten Nebelfetzen, die hin und wieder aufgerissen und einem Betrachter den Blick auf zwei Gestalten freigegeben hätten.

Eine Frau und ein Mann.

Die Frau war Dana. Völlig apathisch blickte sie in die Höhe, wo sie den Unheimlichen erwartete. Gozer würde kommen. Sie saß auf einem schmalen Altar, hatte eine Hand hinter sich aufgestützt und die andere erhoben, als wollte die Gozer zuwinken.

An der anderen Seite der Platte saß Louis Tully. Seine Augen schillerten seltsam rot, der Mund stand offen. Da seine Beine zu kurz waren, pendelten sie über dem Boden.

Rechts und links der Sitzfläche standen zwei schmale Säulen. Sie stachen in den nebelverhangenen Himmel, so daß ihre Enden nur mehr zu ahnen waren.

Manchmal säuselte der Wind. Dann knackte es wieder. Überall war Bewegung.

Ein schwerer, unheimlicher Atem glitt über das Dach. Die dunkle Wolke wurde noch dichter, noch drohender.

Dort verbarg sich Gozer . . .

Dana und Louis warteten.

Sie waren schußbereit, als sie das Haus betraten, dessen Inneres unter einer Glocke des Schweigens lag. Nur ihre Schritte waren zu hören. Irgendwo im Haus mußte etwas zerstört worden sein, denn Staub und Mörtel bedeckten den Flur. Egon ging zum Aufzug. Er stand nur zwei Sekunden davor, dann kam er zurück, blaß im Gesicht.

»Was ist?« fragte Stantz.

»Das Ding funktioniert nicht mehr.«

»Shit.«

»Müssen wir jetzt die Treppen hoch?«

Venkman nickte Winston, dem Frager, zu. »Ja, bis oben, mein Lieber.«

»Ach, du Scheibe . . .«

»Los, gehen wir.« Venkman machte den Anfang.

Es würde eine Mordsarbeit werden, aber sie wollten nicht aufgeben. Ein Ghostbuster kapitulierte nicht.

»Und die Menschen sind alle aus dem Haus gelaufen?« erkundigte sich Spengler besorgt.

»Klar, die standen ja draußen.«

»Wir sind also allein?«

Venkman lachte grimmig. »Mit Gozer . . .«

»Denn wollen wir auch!« meldete sich Winston.

Ab der sechsten Etage wurde es schlimm. Da konnten sie noch fluchen, später keuchten sie und danach hing ihnen nur mehr die Zunge aus dem Mund.

Aber sie waren am Ziel.

»22. Etage!« Venkman brachte es mühsam hervor, als er sich im Gang gegen die Wand lehnte und schwer atmete. Den anderen erging es ebenso. Gozer oder ein anderer hätte jetzt die Chance gehabt, sie zu überwältigen. Er kam nicht.

Es dauerte Minuten, bis sich die vier erholt hatten. Jetzt, wo sie wieder normal atmeten, stellten sie fest, daß es innerhalb des Flurs doch nicht so ruhig war.

Die letzte Tür stand offen.

Windgeräusche drangen herein.

Stantz streckte seinen Arm aus. Er schwitzte stark. »Ist . . . ist das die Wohnung deiner Freundin, Peter?«

»Ja.«

»Dann nichts wie hin.«

Sie waren sehr vorsichtig. Wieder schlichen sie hintereinander, wobei Venkman die Führung übernommen hatte. Sein Gesicht zeigte einen harten, konzentrierten Ausdruck. Er wollte und würde sich nicht überraschen lassen, das stand fest. Die Fäuste umspannten die Lichtkanone. Scharf und weiß stachen seine Knöchel hervor.

Wenig später standen sie in der Wohnung. Mit zwei Schritten durchquerten sie die schmale Diele und schauten sich im Wohnraum um.

»Wie sieht es denn hier aus?« flüsterte Winston.

»Überall hängen Kleider und Fetzen.« Stantz schüttelte den Kopf.

Und Egon Spengler meinte, während er seine Brille hochschob: »Scheint ›Art Deco‹ zu sein, sehr nett.«

Auf Zehenspitzen schritten sie weiter und sahen plötzlich die Treppe. Ziemlich schmal war sie, und sie führte in die Höhe.

Ray stieß Peter an. »He, wo gehen die Stufen hin?«

»Nach oben, Mensch.«

»Habe ich mir gedacht.«

»Früher war da mal ein Fenster«, meinte Venkman. »Los, geh voraus, Ray, mach schon.«

»Ja, ja.« Stantz betrat die unterste Stufe. Er zitterte, denn sie wußten, daß ihnen etwas Unheimliches bevorstand. Gozer spaßte nicht.

Dann, als sie das Ende der Treppe erreicht hatten, blieben sie wie vor eine Wand gerannt stehen. Sie trauten ihren Augen nicht, und jeder von ihnen gab einen anderen Laut der Überraschung von sich.

Auf einem Altar hockten zwei Menschen.

Dana und Louis.

Sie lächelte, während Louis apathisch vor sich hinstarrte. Umgeben waren sie von seltsamen Nebelschwaden, die grün, violett und grau schimmerten.

»Dana!« flüsterte Venkman. »Oh, mein Gott.«

»Noch lebt sie«, raunte Spengler.

»Los, wir holen sie!« Stantz wollte vorgehen, als Urgewalten freiwurden und zuschlugen.

Die Wolke kam wie ein Ungeheuer. Sie explodierte. Aus der Schwärze zuckte ein gleißendes Licht, das den Männern die Sehkraft raubte und sie taumeln ließ.

Wind kam auf und packte die beiden Personen auf dem Altar wie mit gierigen Händen. Er schleuderte sie in die Höhe, hinein in die Lichtwolke, wo sich ihre Körper konturenhaft abzeichneten und für den Bruchteil einer Sekunde in der Luft stehenblieben, damit sich die Verwandlung vollziehen konnte.

Die Ghostbusters starrten in das Licht hinein. Seltsamerweise konnten sie jetzt sehen, und sie bekamen das Schreckliche mit.

Danas Körper schien zerrissen zu werden. Ein tierischer Schrei drang von dorther, wo sie sich befand. Dampf zischte wie in einem überhitzten Kessel, und aus den Wolken schälte sich eine fürchterliche Gestalt.

Ein grünes, schuppiges Monster. Eine Mischung zwischen Krokodil und Hund mit einer breiten Fratze, zwei Hörnern und blutunterlaufenen Augen. Es knurrte und fauchte ebenso wie das zweite Monster, das ein wenig kleiner wirkte und einmal ein Mann namens Louis Tully gewesen war.

Die Ghostbusters wollten es nicht, aber sie schrien, als sie diesen Anblick sahen, der ihnen nur für Sekunden erhalten blieb, danach griffen wieder die magischen Kräfte einer längst vergessenen sumerischen Kultur ein und schleuderten beide Monstren in die Höhe. Sie wurden weggetrieben, überschlugen sich in der Luft, drehten regelrechte Kreise und hüpften auf einen hohen Steinthron mit gewaltigen Säulen, der inmitten einer blendenden Lichtfülle stand.

Und in der Mitte des Throns stand er wie ein Denkmal.

Gozer!

Der Schlüsselmeister Louis Tully flankierte ihn an der rechten, der Türwächter Dana an der linken Seite. Zum Thron führte eine breite Treppe, die ebenfalls in dieser unnatürlichen Lichtfülle lag, und auch Gozer wurde von ihr umschmeichelt.

Stantz fand als erster die Sprache wieder. »Verdammt, Gozer ist eine Frau.«

»Es ist Gozer?« fragte Spengler krächzend.

»Ich dachte, Gozer wäre ein Mann«, flüsterte Winston.

»Der kann beides sein«, hauchte Ray.

Venkman behielt die Übersicht. »Was immer er sein mag, erst muß er an uns vorbeikommen.«

»Richtig, Peter.«

Recht hatten sie alle. Gozer war ein seltsames Geschöpf. Er sah aus wie ein schwuler Punk. Die Haare standen hoch. Das Gesicht war noch bleicher als das Licht. Es wirkte wie mit Puder eingerieben. Deshalb traten auch die knallroten Augen so deutlich hervor. Er trug eine eng am Körper liegende Kleidung, die ebenfalls hell war, und hinter dem Hals stand ein Schalkragen hoch.

Die beiden Mutationen neben seinem Thron rührten sich nicht. Sie wirkten wie Statuen, nur aus ihren halboffenen Mäulern strömte zischend der Dampf und wehte den vier Männern entgegen.

Venkman schickte Stantz vor. »Los, Ray, faß die Gestalt. Wir schützen dich.«

Ray war nicht wohl in seiner Haut, aber er wollte nicht als Feigling dastehen. Also ging er vor. Zitternd setzte er seine Schritte, blieb stehen und begann mit seine Rede.

»Gozer, der Gozerianer. Guten Abend wünsche ich. Als ordnungsgemäß ernannter Vertreter der Stadt, des Bezirks und des Staates New York befehle ich dir die Einstellung aller übernatürlicher Aktivitäten und dorthin wiederzurückzukehren, wo du hergekommen bist, oder in die nächstgelegene Parallel-Dimension zu verschwinden.«

»Gut, Ray, das müßte genügen. Danke vielmals.« Das war Venkman.

Zum erstenmal meldete sich Gozer. Sie hörten seine Stimme. Sie klang anders als die von Zuul, seinem Diener. Nicht so kratzig oder rauh, sondern kalt und metallisch.

»Bist du ein Gott?«

Stantz begann zu grinsen. »Super, das hat mich noch keiner gefragt, ehrlich nicht. Nein!«

»Dann stirb!«

Im nächsten Augenblick war die Hölle los.

In das grelle Schreien der Freunde mischten sich die Lichtexplosionen. Etwas zischte, rauschte, der Himmel schien zu brennen. Lange, helle Zungen tanzten über sie hinweg, nicht erklärbare Kräfte packten sie, hoben sie an, warfen sie zu Boden, schleuderten sie herum, wieder hoch und gegen die Außenmauer, über die sie fast in die Tiefe der Straßenschlucht gestürzt wären.

Sie überstanden es, krochen über den Boden, stöhnten und betasteten ihre Körper. Keiner hatte sich etwas gebrochen.

Winson Zeddemoore stemmte sich hoch. Geduckt und schwer atmend blieb er stehen. »Okay, okay, Ray. Wenn dich beim nächstenmal jemand fragt, ob du ein Gott bist, dann sagst du ja.«

»Verstanden, Partner!« Auch Stantz kam auf die Füße.

Venkman dachte wieder praktischer. »Ihr seid alle in Ordnung, Freunde. Das war ein Warnschuß, aber wir werden es ihm zeigen. Macht eure Kanonen schußbereit.«

Sie taten es!

»Aufheizen!«

»Okay«, sagte Winston. »Die werden rauchen. Damit kippen wir ihn oder sie!«

Ein grelles Lachen schallte ihnen entgegen. Es klang wie von einer Quadro-Anlage ausgeströmt. Gozer schien sich köstlich zu amüsieren.

Spengler drohte. »Bald lachst du nicht mehr, du verdammtes Biest. Wir werden dich fertigmachen!«

»Alles klar?« fragte Stantz.

Winston und Spengler antworteten synchron. »Fertig!«

Venkman sagte: »Laßt uns diesem prähistorischen Biest mal zeigen, wer die Herren in der Stadt sind.«

Sie setzten sich wieder in Bewegung. Dabei hatten sie das Gefühl, in die grellen Laute hineinzusteigen, die Gozer ihnen entgegenschleuderte. Er stand noch immer an der gleichen Stelle. Das Licht befand sich hinter ihm wie eine Wand.

Als hätte es jemand befohlen, fächerten die Ghostbusters auseinander, so daß sie einen Halbkreis bilden konnten.

»Okay, Partner«, schlug Stantz vor. »Gehen wir auf volle Kraft. Und zielt auf seinen tollen Haarschnitt, den rasieren wir ihm weg.«

»Ja, zusammen mit dem Schädel!« fügte Winston hinzu.

»Jetzt!« Venkman gab den Befehl.

Sie waren stehengeblieben und drückten ab. Aus vier verschiedenen Winkeln schossen die gebündelten Lichtenergien auf Gozer zu. Die Strahlen wanden sich, wirkten manchmal wie Wasserschläuche und trafen direkt ins Ziel.

Eisern blieben die Partner stehen. Ihre Gesichter waren verzerrt, sie hielten die Laserkanonen, als wären es Rettungsanker, und sie wirkten in ihrer graugrünen Kampfkleidung wie Söldner beim harten Gefecht. Auf ihren Oberarmen grüßte der kleine weiße Geist innerhalb des rot umrandeten Verbotsschildes.

Ihr Markenzeichen!

Gozer blieb steif stehen. Dann riß er die Arme hoch. Er wirkte innerhalb der Lichtkaskaden wie ein Negativ-Foto. Strahlen jagten in den Körper, Strahlen, die heller waren als das blendende Licht. Sie schaufelten Gozer in die Höhe.

Er sauste in die Luft, überschlug sich dabei mehrere Male, fegte über die vier Freunde hinweg und wollte hinter ihnen verschwinden.

Gnadenlos bannten sie ihn mit dem Laserlicht. Sie verfolgten ihn, sahen, daß er zu Boden fiel, sich jetzt dicht vor ihren Füßen befand und fast am Rand der schmalen Treppe.

Sie hielten drauf.

Und dann war er weg!

Urplötzlich, so als hätte es ihn nie gegeben. Einen Lidschlag später brachen auch die Lichtstrahlen zusammen.

Sie hatten es geschafft.

»War ja nicht *sooo* schwierig«, meinte Venkman, als er seine Kanone sinken ließ . . .

Noch immer standen sie da, schwitzten, atmeten schwer, hielten die Waffen und schauten sich an. Wie schon so oft war es Stantz, der als erster die Sprache fand.

»Wir haben dieses Geschöpf neutronisiert. Wißt ihr, was das bedeutet? Eine komplette Partikelumkehr.«

»Wir sind die Größten!« behauptete Venkman. Er schielte zum Thron hin, da ihm niemand widersprach.

Dort standen sie noch immer. Umwallt von düsteren Nebeln, gefährlich aussehend. Glühend die Augen, schuppig und grünschillernd die beiden Körper.

Und dann hörten sie das Knirschen. Auch Venkman vergaß seine Freundin. Wie seine Partner schaute er sich entsetzt um.

»O nein!« schrie Stantz.

»Was ist es?«

»Das bricht!« Stantz deutete nach links. Dort sahen sie den Rand der Dachplattform. Ein großer Kegel zitterte. Er lief oben spitz zu und wankte plötzlich.

»Der fällt in die Tiefe!«

Ja, er fiel.

Und die Schreie der Menschen hallten bis zu ihnen hoch. Dort unten mußte eine Panik ausgebrochen sein. Sie konnten nichts dagegen tun, denn ihre Probleme waren kaum geringer, weil plötzlich das gesamte Haus zitterte, als würde ein Riese mit seinen gewaltigen Fäusten gegen die Außenmauer dreschen.

Der Boden unter ihnen zeigte die ersten Risse. Sogar Gozers Thron begann zu wanken. Die harte Masse des Gesteins spaltete sich auf. Breit wie Körper waren die Löcher, Trümmerstücke rollten die Treppenstufen hinunter, Lichtspeere begleiteten sie, und zischender, stinkender Dampf schoß aus den Spalten.

Noch immer brüllten die Menschen auf der Straße. Die Außenmauern knirschten, als würde ihnen das Leben genommen. Stuck löste sich von der Fassade, fiel als mörderischer und harter Regen nach unten, begleitet von dichten Wolken aus Staub.

Und Gozers Stimme übertönte selbst die Schreie. Er war nicht vernichtet, sein Geist existierte nach wie vor, und er schleuderte mit Stentorstimme seine finstere Botschaft hinein in die Straßenschluchten und hinaus in den von Elementen durchtosten düsteren Himmel.

»Ihr widerlichen Untergeschöpfe!« rief er. »Gozer, der Gozorianer, ist gekommen, Gozer, der Zerstörer, Volguus, Zildrohar, der Geist mit den vielen Namen ... der Reisende ist endlich da. *Wähle und stirb!«*

Die Freunde schauten sich um. Sie hatten sich in eine Ecke gehockt, wo sie einigermaßen vor den fallenden Steinbrocken geschützt waren. Stantz stemmte sich hoch. Er brüllte in die Richtung, aus der Gozers Stimme klang. »Was meinst du damit – wähle? Wir verstehen dich nicht?«

Gozer gab Antwort. »Wähle! Wähle die Form des Zerstörers!«

Venkman schlug gegen seinen Kopf. »Ich verstehe,

verdammt, ich verstehe. Woran immer wir denken, er wird erscheinen. Wenn wir an Edgar Hoover denken, den verstorbenen FBI-Chef, wird er kommen und uns zerstören. Okay, leert eure Köpfe, Freunde. Leert eure Köpfe. Denkt an nichts. Wir haben nur einen Versuch.« Bei den letzten Worten hatte sich seine Stimme überschlagen.

»Die Wahl ist getroffen!« brüllte Gozer.

Venkman schüttelte sich, machte: Brrr . . . brrr . . .« Dann lachte er. »Niemand hat etwas gewählt.« Er schaute Spengler an. »Hast du etwas gewählt?«

»Nein.«

»Du, Winston?«

»Mein Kopf war völlig leer.«

»Ich habe auch nichts gewählt«, erklärte Venkman.

Stantz begann zu schluchzen und hob die Schultern. »Ich . . . ich konnte nicht anders. Es ist einfach da reingekommen.«

Venkmans Hand schoß vor, packte Ray an der Schulter. »Was ist da reingekommen? Was?«

»Ich habe zu denken versucht!«

Venkman ließ Ray los, da er sah, daß Spengler aufsprang. Er deutete über den Dachrand hinweg, in dessen Nähe sich die Ghostbusters aufhielten. »Seht doch!« Gleichzeitig hörten sie die Schreie der Menge.

Sie alle standen da und schauten.

Stantz wankte zurück. »Das kann nicht sein. Nein, das ist unmöglich, verflucht!« Er heulte.

»Was hast du getan, Ray?« schrie Venkman.

»O shit, es ist der Marshmellow-Man . . .«

Ja, es war der Marshmellow-Man. Eine Zeichentrickfigur, von einem findigen Kopf entworfen. Man sah ihn überall, den kleinen Kerl, der so lustig aussah mit seiner weißen Haut, dem Kugelkörper, der von einem Matrosenanzug bedeckt wurde, aus dessen Kragen ein ebenfalls kugeliger Kopf schaute, auf dem schief eine Matrosenmütze saß.

Sie war wirklich klein, diese Figur. Jedenfalls in der Regel. Nur jetzt nicht. Gozer hatte ihr seinen Stempel aufgedrückt, denn nun war aus dem Marshmellow-Man ein Riese geworden, der in seiner Größe die Höhe eines Wolkenkratzers erreichte.

Gozer hatte sich den richtigen ausgesucht.

Und er verbreitete die Panik.

Urplötzlich sahen ihn die versammelten Menschen in der Straße stehen. Er sah noch immer so freundlich aus und nickte bei jedem schwerfällig wirkenden Schritt, wobei er es aber nicht unterlassen konnten, die ersten parkenden Autos zu zertreten oder Bäume mit einem Fußkick wegzuschleudern, als wären es dünne Zündhölzer.

Die Panik unter den Zuschauern war nicht mehr in den Griff zu bekommen.

Der Marshmellow-Man wollte um das Haus herumgehen, drosch gegen andere Fassaden, zerschlug Scheiben und zertrümmterte Mauerwerk, um seinen Weg fortzusetzen.

Feuerwehr- und Polizeiwagen rasten herbei. Die Fahrer sahen die unheimliche Figur mit dem pausbäkkigen Gesicht und dem jetzt so bösartig wirkenden Lächeln.

Sie bremsten. Die Wagen schleuderten, verkeilten sich ineinander, Brände entstanden und der Marshmellow-Man ging weiter.

Unbeirrbar . . .

Gozer hielt grauenhafte Abrechnung.

Die von der Straße hochbrandenden Schreie trieben auch die Ghostbusters zu neuen Aktivitäten. Sie hatten ihren ersten Schrecken überwunden. Fast in einer Höhe mit dem bleichen Puddinggesicht und den schwarzen, kleinen Augen befanden sie sich, und Ray Stantz, der Unglücksrabe, suchte noch immer nach Entschuldigungen.

»Ich habe ja versucht, an die harmloseste Sache zu denken. Etwas, das ich in meiner Kindheit schon geliebt habe. Etwas, das uns niemals, unter keinen Umständen, vernichten könnte.« Er rieb über sein Gesicht und sagt plötzlich: »Mr. Stay-Puft!«

»Was?« fragte Venkman verständnislos.

»Hör zu, Peter, wir haben immer Stay Puft Marshmellows am Feuer von Camp Waconda geröstet.«

Venkman tippte gegen seine Stirn. »Ray ist durchgedreht. Er hat einen Riß in der Schüssel.«

Spengler hob die Schultern. »Tut mir leid, Partner. Das hier geht über die Fähigkeit meines rationalen Denkens hinaus.«

Sie vernahmen ein seltsames Quietschen und Keuchen, das der Marshmellow-Man ausstieß.

»Verflucht, der kommt näher«, rief Winston.

Venkman schaute über die Brüstung. Fast hätte er das Gesicht greifen können, so nah war diese bleiche pausbäckige Visage.

»Los, wir rösten ihn!« Stantz hatte sich wieder gefangen. Auch die anderen reagierten, hoben ihre Laserkanonen und brüllten so laut sie konnten, während die breiten Lichtblitze aus den Mündungen huschten und voll in die Gestalt hineinstanzten. Sie rissen die Haut auf. Licht strahlte ab. An einigen Stellen loderten kleine Flammen, aber der Marshmellow-Man fing sich wieder und setzte seinen Weg brennend fort.

Stantz wurde plötzlich bleich. »Komisch«, sagte er mit kaum zu verstehender Stimme. »Daß wir einmal so dahinscheiden. Getötet von einem 100 Fuß großen Marshmellow-Man.«

Venkman nahm es mit Humor. »Dieser Kerl ist doch Matrose, und er ist in New York. Wir haben einen Hafen. Dorthin sollten wir ihn bringen, dann haben wir keinen Ärger mehr.«

Spengler wedelte mit beiden Armen, auch um den Rauch zu vertreiben, den der getroffene Marshmellow-Man absonderte. »Ich habe eine radikale Idee, Freunde. Wir müßten den Partikelstrom unserer Laserkanonen einfach umkehren, und schießen auf das Dimensionstor des Throns.«

»Wie denn?« fragte Stantz.

»Wir kreuzen die Ströme!«

Der Marshmellow-Man ging weiter. Auch wenn er an einigen Stellen seines runden Körpers brannte, das machte ihm nichts, so bekam man Gozer nicht erledigt.

Die Panik verwandelte sich in eine Massenflucht. Jeder wollte weg. Keiner wollte von den gewaltigen Füßen des Riesen zu Brei zerquetscht werden. Daher gab es keine Rücksicht.

Die Starken schlugen sich den Weg frei. Flüchtende stolperten, fielen übereinandern, rafften sich wieder auf und hetzten weiter.

Und auf dem gewaltigen Tempeldach des Penthouses überlegten die vier Ghostbusters noch immer, wie sie Gozer erledigen könnten.

»Kreuzt die Ströme«, hatte Spengler gesagt.

Das wollte Peter nicht wahrhaben. »Du bringst uns in Gefahr, Egon! Du bringst auch unsere Kunden in Gefahr. Sogar die nette alte Lady, die schon im voraus bezahlt hat . . .«

Spengler behielt die Ruhe. »Nicht unbedingt!« erklärte er fast dozierend und rückte wieder seine Brille zurecht, unter der die Nase wie ein Erker hervorsprang. »Es besteht eindeutig eine geringe Chance, daß wir überleben.«

Venkman änderte seine Ansicht. »Oh, ich liebe deinen Plan!« rief er und warf seine Arme hoch. Machen wir es!«

»War schön, mit dir zu arbeiten, Dr. Venkman«, sagte Ray.

Sie schauten sich an.

Jeder sah die Entschlossenheit im Gesicht des anderen. Und jeder sah auf den Marshmellow-Man, dessen Gesicht wie ein gewaltiger Mond vor ihnen auftauchte und über den Rand schielte.

Er hob seine Arme!

»Jetzt!«

Ein Brüllen, ein Schreien. Die Laserkanonen sprühten Blitze, die sich genau dort überkreuzten, wo sich das offene Dimensionstor befand. Es schien so, als hätten die Strahlen gleichzeitig den Schädel des Riesen getroffen, der plötzlich von einer unheimlichen Wucht zerrissen wurde, explodierte, Feuerstrahlen ausspie, die eingehüllt in blendendweißes Licht waren, das sofort danach einen bläulichen Schimmer bekam.

Wieder fauchte ein orkanartiger Sturm heran, trieb Wolken vor sich her und zerstörte mit elementarer Wucht den Thron des Gozer.

Die Schreie der Ghostbusters gingen im allgemeinen Lärm unter. Sie wurden über das Dach gefegt und sahen nicht, daß der Riese taumelte. Sein Kopf war zerfetzt, aber er explodierte noch einmal und schleuderte das in die Höhe, was in seinem Körper steckte.

Pudding und Milch!

Eine schon nicht mehr zu erfassende Mixtur aus Milch, Sahne und flüssigem Pudding wurde gegen die Wolken gejagt, von der Erdanziehung erfaßt und auf die Erde zurückgetrieben.

Es regnete Sahne.

Und das Zeug bekamen alle mit.

Peck, der Umweltmann, der sich ebenfalls eingefunden hatte, wurde als einer der ersten erwischt und unter einem gewaltigen weißen Sahneberg begraben. Auch die anderen Zuschauer verschonte das Zeug nicht, und eine große Masse regnete auf das Penthouse nieder, wo sich die vier Freunde befanden.

Deren Schreie erstickten in einem Berg von Sahne . . .

Es war still geworden.

Sehr still . . .

Hier und da nur noch ein Klatschen, wenn weiße Tropfen fielen, mal ein Knistern im restlichen Mauerwerk, sonst nichts.

»Winston?«

Die dünne Stimme von Ray Stantz war auf einmal zu hören.

Dann das Lachen des Schwarzen. Plötzlich stand er auf den Füßen. Er sah aus wie ein Schneemann, wischte sich den Sahnebrei aus dem Gesicht und tanzte.

Im nächsten Augenblick lachte auch Ray, dann keuchte er, verstummte und fragte: »Venkman, Spengler?«

»Ahhh . . .« Spengler stöhnte nur und krabbelte aus einem Berg von Sahne und Milch.

»Wo ist Venkman?« fragte Stantz.

Spengler torkelte herbei. »Ich fühle mich wie der Boden von einem Taxi. So schmutzig.«

»Venkyyyy!« rief Stantz.

»Ja, verflucht, wo seid ihr?«

Ray preßte seine weiße Hand gegen die Brust. »Gott sei Dank«, stöhnte er.

Venkman lachte. Dann kam er zu den anderen, und er sah ebenso aus wie sie. Ein Schneemann aus Milch, Sahne und Pudding. »Ich bin in Ordnung, Partner.«

Seid ihr alle in Ordnung?« fragte Ray.

»Ja.«

»Dann laß uns nach oben gehen.«

Es war nicht so einfach, über die glitschige Treppe zu steigen. Sie dachten an die beiden Monster, in die sich Dana und Louis verwandelt hatten, und sie sahen sie noch an der gleichen Stelle, wo sie zuvor gestanden hatten.

Nur etwas hatte sie radikal verändert. Die beiden waren zu Stein geworden.

Und wie Stein war auch das Gesicht des Peter Venkman. Obwohl es verschmiert war, wirkte der Mann nicht lächerlich in seinem Schmerz.

Stantz legte ihm die Hand auf die Schulter. »Es riecht hier wie nach verbrannten Hundehaaren.« Er entschuldigte sich sofort. »Oh, Peter, tut mir leid, tut mir echt leid, ich hatte vergessen, daß du und Dana . . .«

Sie hörten alle das tiefe Stöhnen.

»Sieh doch!« schrie Stantz.

Sie schauten zu, wie sich die Figur bewegte. In ihr mußte jemand stecken. An der Pfote bröckelte der Stein ab. Er war porös. So befreite man Wiener Mandeln von ihrer Kruste.

Eine Hand erschien. Eine Frauenhand . . .

»Dana!« brüllte Venkman. In den nächsten Minuten arbeiteten sie fieberhaft. Mit bloßen Händen zerschlugen sie das Gestein und schafften es, beide zu befreien.

Wie Betrunkene standen Dana und Louis auf den Beinen. »Macht doch mal jemand Licht!« rief Louis. »Hilfe . . .«

Dana stöhnte nur, während sie von Peter gestützt wurde. Endlich erkannte sie ihn.

»Hi, du bist es. Wo bin ich?«

»Du bist wieder in Ordnung«, sagte Ray. »Und du auch!« wandte er sich an Louis.

Louis schaute und schüttelte den Kopf. »Wer seid ihr, Jungs?«

»Wir sind die Ghostbusters«, erwiderte Stantz.

»Und wer ist euer Steuerberater?«

Ray lachte. »Haben Sie ein Glück gehabt, Mr. Tully, wirklich, ein Glück.«

»Ich weiß.«

»Nein, Sie wissen nichts. Sie haben teilgenommen am größten internationalen Kreuzriß seid der Tunguska-Sprengung im Jahre 1909.«

Tully nickte. »Ja, war ein tolles Gefühl, kann ich euch sagen.«

Spengler sah die Sache mehr wissenschaftlich. »Ich hätte gern eine Probe von ihrem Gehirngewebe.«

»Okay!«

Winston sprang in die Höhe. »Jaaaa, ich liebe diese Stadt!«

Sie kamen nach unten – und sie waren die Helden.

Beschmutzt mit Sahne traten sie nacheinander aus der Haustür. Dana und Louis ebenfalls.

Der Schrecken war vergessen.

Die Menge hatte ihre Helden.

Ghostbusters, Ghostbusters, Ghostbusters . . .

Keiner wußte, was er sagen sollte. Nur Louis konnte seinen Mund nicht halten. Er sprang einige Male in die Höhe, starrte in die Kameras und Fernsehaugen und rief: »Was ist los? Möchte mich jemand interviewen? Schließlich war ich ein Augenzeuge.«

Und Augenzeugen wurden auch unzählige Menschen, als Peter Venkman seine Dana Barrett in die Arme nahm und sich das holte, was sie ihm schon einmal verweigert hatte. Einen langen Kuß . . .

ENDE

Stab und Besetzung

Stab:

Regie und Produktion: IVAN REITMAN
Drehbuch: DAN AYKROYD und HAROLD RAMIS
Kamera: LASZLO KOVACS, A.S.C.
Produktionsdesign: JOHN DE CUIR
Schnitt: SHELDON KAHN, A.C.E.
mit DAVID BLEWITT, A.C.E.
Ausführender Produzent: BERNIE BRILLSTEIN
Co-Produzenten: JOE MEDJUCK und MICHAEL C. GROSS
Visuelle Effekte: RICHARD EDLUND, A.S.C.
Musik: ELMER BERNSTEIN
»Ghostbusters« komponiert und gesungen von
RAY PARKER, JR.
Kostüme: THEONI V. ALDREDGE
Besetzung: KAREN REA
Produktionsleitung: JOHN G. WILSON
1. Regieassistent: GARY DAIGLER
2. Regieassistent: KATTERLI FRAUENFELDER
Kameraführung: BOB STEVENS
Kameraassistenz: JOE THIBO und PAUL MINDRUP
Script: TRISH KINNEY
Spezialeffekt-Überwachung: CHUCK GASPAR
Ausstattung: JOHN DE CUIR, JR.
Szenenbild: GEORGE ECKERT
Bauten: MARVIN MARCH
Maske: LEONHARD ENGELMANN
Ton-Design: RICHARD BEGGS, TOM McCARTHY, JR.

Ein IVAN REITMAN Film
Eine BLACK RHINO/BERNIE BRILLSTEIN Produktion
Ein Film der COLUMBIA PICTURES
im Verleih der WARNER-COLUMBIA

Stab und Besetzung

Darsteller:

Dr. Peter Venkman:	BILL MURRAY
Dr. Raymond Stantz:	DAN AYKROYD
Dana Barrett:	SIGOURNEY WEAVER
Dr. Egon Spengler:	HAROLD RAMIS
Louis Tully:	RICK MORANIS
Janine Melnitz:	ANNIE POTTS
Walter Peck:	WILLIAM ATHERTON
Winston Zeddmore:	ERNIE HUDSON
Bürgermeister:	DAVID MARGULIES
Student:	STEVEN TASH
Studentin:	JENNIFER RUNYON
Gozer:	SLAVITZA JOVAN
Hotel-Manager:	MICHAEL ENSIGN
Bibliothekarin:	ALICE DRUMMOND
Dekan Yeager:	JORDAN CHARNEY
Violonist:	TIMOTHY CARHART
Bibliotheksvorstand:	JOHN ROTHMAN
Erzbischof:	TOM McDERMOTT
Roger Grimsby:	ROGER GRIMSBY
Larry King:	LARRY KING
Joe Franklin:	JOE FRANKLIN
Casey Kasem:	CASEY KASEM
Feuer-Kommissar:	NORMAN MATLOCK
Polizei-Captain:	JOE CIRILLO
Polizei-Sergeant:	JOE SCHMIEG
Gefängniswärter:	REGGIE VEL JOHNSON
Immobilienmaklerin:	RHODA GEMIGNANI